지혜

023년 1월 20일 초판 1쇄 발행 일 | 2023년 1월 31일

있는책
5월 16일 제10-1588
고양시 일산동구 중앙로 1233 현대타운빌 302호
-932-7474
2-5962
oks@naver.com

95-186-7 (03800)

유대 천년의 지

탈무드

초판 1 쇄 인쇄일 | 2

옮긴이 | 강미경
그린이 | 신혜원
펴낸이 | 강창용
책임편집| 정민규
디자인 | 김동광

펴낸곳 | 느낌이
출판등록| 1998년
주 소 | 경기도
전 화 | (代)031
팩 스 | 031-93
이메일 | feelboo

ISBN   979-11-6

유대 천년의 지혜

탈무드

강미경 옮김 | 신혜원 그림

물고기는
항상 입으로 낚인다.
인간도
항상 입으로 낚인다.

─ 〈탈무드〉

| 차 례 |

왜 다시
탈무드인가

오래된 이름, 그러나 늘 새로운 이름, 그것이 탈무드이다. 탈무드의 가치는 계속해서 새롭게 재조명된다. 정신적 지주로서 유태인의 역사를 계승, 발전시키는 데 원동력이 되어온 탈무드는 유태인만의 유산이 아니다. 세계인이 탈무드에 관심을 갖고 탈무드에서 철학을 배운다.

탈무드는 사실 하나의 범주로 말하기 어려운 책이다. 탈무드는 경전이기도 하면서 문학이기도 하고 잠언집이기도 하다. 다루는 주제도 다양하다. 그 가운데는 도덕과 윤리, 지혜와 처세를 다룬 이야기가 있는가 하면, 기발하거나 흥미로운 일화도 있고, 어린이가 좋아할 만한 우화나 동화 같은 것도 있다.

유태인에게는 종교가 절대적인 기준이 된다. 종교가 모든 생활방식에 있어 지침이 되는 것이다. 탈무드는 구약성서의 사상과 이념을 기반으로 하고 있다. 예배, 의식, 도덕, 법률, 사회생활 등 인생의 전 영역을 다룬다.

탈무드는 역사가 깊다. 기원전 500년부터 서기 500년에 걸쳐 약 1000년 동안 입에서 입으로 전해져 오던 것을 2000여 명의 학자가 10년에 걸쳐 편찬한 것이다. 기나긴 편찬 기간 못지않게 분량 역시 방대한데, 총 20권에 1만 2000페이지에 달한다. 무게로 재면 75킬로그램이다. 시중에 출판되는 많은 탈무드 책은 이 많은 내용 중에서 발췌, 편집한 것이다.

서기 70년, 성전이 무너졌다. 유태인들은 팔레스타인을 떠나 로마 제국 각처로 뿔뿔이 흩어지게 되었다. 그들에게는 민족의 동질성을 유지하는 것이 생명과도 같은 일이 되었다. 이를 위해 구상한 것이 바로 탈무드이다. 탈무드는 유태인의 징표와도 같다. 그것은 유태인의 신앙과 민족정신의 토대이다. 탈무드는 또한 그들이 뛰어난 교육과 탁월한 경제활동을 수행하는 데 밑받침이 되어주었다.

탈무드의 힘은 문제를 분석하고 타협 및 해결하고자 하는 마인드와 아이디어, 그리고 흥미성과 실용성을 모두 갖춘 스토리텔링에 있다. 유태인은 바로 이런 힘을 지닌 탈무드를 전수하며 각자 그리고 함께 지혜를 쌓고 이를 인생과 사회에 적용하며 자신들의 역사를 만들어왔다.

유태인, 그들이 누구인가? 세계에서 박해를 제일 많이 받은 민족이다. 이러한 대환란을 딛고 그들은 일어섰다. 유태인은 나라 없이도 분연히 일어섰다. 인구수는 1500만 명으로 매우 적은데도 전 세계에 걸쳐 막강한 영향력을 행사한다. 세계에서 겨우 0.2%를 차지하는 인구로 전체 노벨상 수상자의 22%를 배출했다. 특히 경제관념이 투철한 이들은 노벨경제학상 가운데는 40%를 수상하는 기염을 토했다.

세계 경제에 대한 유태인의 영향력은 어마어마하다. 로스차일드, 골드만삭스 등이 세계 금융계를 좌지우지하는데, 세계적인 기업인 록펠러, 모건, 듀폰, 로열더치, 제록스, GE, GM, ATT, IBM, 보잉, US스틸 등도 모두 유태인 자본가들이 세운 것이다. 각국에 투입되어 있는 자본력까지 고려한다면 세계 경제가 유태 자본의 영향하에 있다고 해도 과언이 아니다. 뉴욕 월가부터 홍콩의 자본까지 유태인의 자본은 곳곳에 그물망처럼 뻗쳐 있다. 북미대륙의 자유경제 블록과 유럽의 경제통합, 아시아의 경제몰락 등도 그들의 움직임에서부터 시작된 일이다.

로스차일드, 조지 소로스, 스티브 발머, 앨빈 토플러, 토머스 에디슨, 스티븐 스필버그 등 많은 세계 유명인사들 그리고 세계 석유재벌들이 유태인이다. 할리우드 5대 메이저 영화사와 세계 최대의 와이너리들도 그들이 만든 것이다. 어려서부터 경제에 대해 남다른 지혜와 감각을 키워온 그들은 세계 억만장자의 30%를 차지하고 있다.

놀라운 것은 유태인들이 굉장히 짧은 시기에 이러한 성과를 이루어냈다는 점이다. 유태인 3000년 역사 가운데서 이들이 미국에 본격적으로 정착하기 시작한 15세기 이후 약 400년 동안 가히 가공할 만한 결실을 거둔 것이다. 이는 세계인들이 유태인의 문화에 관심을 가지지 않을 수 없는 이유이기도 하다.

특히 세계 각국에서 그들의 교육의 전통을 배우고자 하는 열의는 실로 대단하다. 교육에 대한 관심으로 치면 둘째 가라면 서러운 한국도 예외가 아니다. 특히 유태인의 가정교육에서 배울 점이 크다. 그들의 가정을 보면 부모의 역할과 자녀의 역할이 명확히 구별되어 있음을 알 수 있다. 한국은 여전히 부모가 자녀가 좀 커도 기꺼이 손발이 되어주고 성인이 되어서도 관여하고 지원해주는데, 이와는 상당히 대조적이다. 유태인 부모는 자녀의 모범이 되면서 자녀의 독립성을 존중해준다. 그들은 자녀의 인생 전체를 보고 교육을 한다. 삶의 지혜를 전수하고자 애쓰고 가정의 문화, 나라의 문화를 중시한다.

질문과 토론은 그들 교육의 핵심이다. 답을 제시하지 않고 답을 찾도록 한다. 바로 질문을 통해서다. 그들은 질문 안에 답이 있다고 말한다. 토론은 한쪽의 승리가 아닌 공통의 문제 해결을 위한 것임을 강조한다.

유태 교육은 지식교육과 인성교육이 조화를 이룬다. 한마디로 전인교육이다. 부모가 자녀에게 일방적으로 전달하고 지원하는 교육이 아닌, 부모와 자녀가 함께하는 교육이고 함께 성장하고 함께 행복한 교육이다. 유태인은 특히 대화를 나눌 좋은 기회가 되는 밥상머리에서의 교육을 중시하며, 결과에 대해 칭찬하기보다 과정에 대해 격려하는 것을 중요시한다.

그들은 꿈을 꾸라고 권면하고, 역경 속에서도 반드시 희망을 품으라고 격려한다. 그리고 바로 탈무드 속에 꿈이 있고 희망이 있다. 삶에 문제는 있으되, 문제 안에 이미 답이 있다고 생각하는 그들. 탈무드가 끊임없이 회자되고 학습되는 이유이다. 탈무드의 이야기는 대충 읽고 넘어갈 것이 없다. 이 책에 탈무드의 이야기들 중에서도 특히나 인생에 큰 깨달음을 줄 만한 것들을 모아 보았다. 이 이야기들을 통해 유태인의 귀한 지혜를 당신의 것으로 삼길 바란다.

책에는 탈무드의 이야기들뿐만 아니라 그들의 자녀 교육에서 매우 중시되는 "유태인의 성인식", 무려 9대에 걸쳐 가문의 영광을 누리며 세계의 금융을 주도하게 된 "로스차일드 가의 가훈", 세계인이 따라 하고 싶어 하는 "유태인의 자녀교육, 하브루타 교육법", 창조적이고 주체적으로 인생을 살게 하는 원동력이 되는 "유태인의 사고 구조, 이디쉬 코프"에 관한 내용을 실었다. 아울러 각 이야기에 어울릴 법한 명언도 실었는데 또 다른 배움이 될 것이다.

유태인이 천년에 걸쳐 축적해 온 보물 같은 인생 지혜를 내 것으로 삼아 사고의 전환, 사고의 확장을 이루길 바란다.

겸손을 제외하고
덕을 쌓는 것은 무의미하다.
신의 참뜻은 겸손한 마음에
존재하기 때문이다.

– 에라스무스

1장

여백의
나무

인생을 살아갈 때 무엇을 가장 소중히 여겨야 할까?

우리가 행복을 만나려면 어떠한 마음가짐을 가져야 할까?

무소유의 즐거움을 깨닫게 해주는

탈무드의 지혜에서 그것을 찾을 수 있다.

가난뱅이

찢어지게 가난했다가 느닷없이 벼락부자가 된 사람이 있었다. 랍비 히렐이 그에게 한 필의 말과 마부를 넘겨주었다. 어느 날 마부가 일이 생겨서 자리를 비우자 그 벼락부자는 3마일이나 손수 말을 끌고 걸어갔다.

나는 가난해진 적은 없고, 다만 파산했을 뿐이다. 가난은 마음 상태이고, 파산은 일시적 현상이다.

– 마이크 토드

재산

어떤 배 위에서 일어났던 일이다. 배에 탄 손님들은 전부 대단한 부자였는데, 그 가운데 랍비 한 사람이 타고 있었다. 부자들은 각자 자기가 소유한 재산을 자랑하고 있었다. 이를 지켜보던 랍비가 말했다.

"나는 내가 가장 큰 부자라고 생각합니다. 하지만 내 재산을 지금 당신들에게 보여줄 수는 없소."

얼마 뒤 그 배는 해적들의 습격을 받았고, 부자들은 그 많던 재산 전부를 약탈당했다. 해적이 사라진 다음, 배는 간신히 어느 항구에 이르렀다. 항구 근처에 사는 사람들에게 금세 덕망이 높다는 평판을 얻게 된 랍비는 제자들을 모아 가르칠 수 있게 되었다.

시간이 흐른 뒤 랍비는 같은 배를 탔던 과거의 부자들과 만났다. 그들은 하나같이 초라해져 있었다. 그제야 그들은 "확실히 당신이 옳았소. 배운 사람은 이미 모든 것을 소유한 거요."라고 입을 모았다. 지식은 남에게 빼앗기는 일 없이 항상 지니고 다닐 수 있기 때문에 가장 귀중한 것은 교육이라는 말이 여기서 생겨난 것이다.

포도원

　어느 날 여우 한 마리가 포도원 주변을 서성대며 무슨 수를 써서라도 그 안으로 들어가고자 했다. 하지만 울타리가 단단히 둘러쳐져 있었기 때문에 쉬운 일이 아니었다. 사흘 동안이나 굶어 살을 뺀 여우는 간신히 울타리 틈새로 기어 들어가는 데 성공했다.

　물릴 때까지 포도를 따먹은 여우는 자신이 들어왔던 데로 다시 빠져나가려 했다. 그러나 배가 잔뜩 부른 상태라 도저히 나갈 수가 없었다. 어쩔 수 없이 다시금 사흘을 굶어 살을 뺀 다음 울타리를 빠져나가며 여우는 중얼거렸다.

　"배가 고픈 것은 들어갈 때나 나올 때나 결국 마찬가지로

구나."

벌거숭이로 태어나 죽을 때 또한 벌거숭이로 돌아가는 우리 인생도 이와 똑같은 것이다.

인간은 죽은 뒤 이 세상에 가족과 재산, 선행, 이 세 가지를 남긴다. 하지만 선행을 제외한 나머지 것들은 그다지 대단한 게 못 된다.

 선행은 저절로 행복이 된다. 선행에 따른 달콤한 보답과 비교할 수 있는 보답은 없다.

– 모리스 메테를링크

견해 차이

알렉산더 대왕이 이스라엘을 방문했을 때 "우리가 가지고 있는 금과 은을 보고 싶지 않습니까?" 하고 한 유태인이 물었다. 금이나 은은 자기에게도 많이 있기 때문에 욕심나지 않는다고 대답한 대왕은 "다만 당신들의 관습과 당신들은 어떤 것을 정의라고 여기는지를 알고 싶을 뿐이오."라고 말했다.

대왕이 머물러 있는 동안에 마침 두 남자가 현명한 결단을 요구하며 랍비를 찾아왔다. 사연인즉, 한 남자가 다른 남자로부터 넝마 한 더미를 샀는데, 그 넝마 더미 속에 상당한 액수의 돈이 들어 있었다는 것이다. 그래서 그는 "내가 산 것은 넝마이지 이 많은 돈까지 산 게 아니오." 하고 판 사람에게 말했다. 하지만 판 사람은 "나는 당신에게 넝마를 송두리째 팔았으니 그 속에 들어 있는 게 무엇이든 모두 당신 것이오."라고 말했다.

양쪽 얘기를 들은 랍비는 "마침 당신한테는 딸이 있고 또 당신한테는 아들이 있으니 그들을 결혼시키고 그 돈을 두 사람에게 주도록 하시오. 그것은 옳은 일이오."라고 조언해 주었다. 그런 다음 랍비는 알렉산더 대왕을 향해 질문했다.

"대왕님은 이런 경우에 어떤 판단을 내리실는지요?"

그러자 대왕은 서슴지 않고 말했다.

"두 사람을 모두 죽여버리고 돈은 내가 가질 거요. 나에게 있어서는 그렇게 하는 것이 옳은 일이오."

 자유는 책임을 뜻한다. 이것이 대부분의 사람들이 자유를 두려워하는 이유이다.

– 버나드 쇼

마법의 사과

 국왕의 단 하나뿐인 공주가 중병을 얻어 죽음을 눈앞에 두고 있었다. 의사는 신비의 명약을 쓰지 않는 한 소생할 가능성이 없다고 말했다. 그러자 국왕은 무남독녀의 병을 낫게 해주는 사람을 사위로 맞아들이고, 자기 뒤를 이어 왕위에 오를 수 있게 해주겠다는 포고문을 써 붙였다.

 멀리 떨어진 고장에 살고 있는 3형제 중 첫째가 마법의 망원경으로 그 포고문을 보게 되었다. 공주를 가엾게 여긴 그들은 어떻게든 셋이 힘을 합쳐 그녀의 병을 낫게 해주자고 결정했다. 마법의 망원경 외에 둘째는 날아다니는 양탄자를 갖고 있었고, 막내는 먹기만 하면 어떤 병이든 나을 수 있는 마법의 사과를 갖고 있었다. 세 청년은 양탄자를 타고 궁전으로 갔다.

마법의 사과를 먹은 공주는 곧 완쾌되어 모든 사람을 기쁘게 했다. 큰 잔치를 베푼 국왕은 이제 사위를 맞아들여야겠다고 생각했다. 그러자 세 청년 가운데 첫째가 "제가 망원경으로 포고문을 보았기 때문에 저희가 이곳에 올 수 있었습니다." 하고 주장했다. 둘째는 "저희가 이토록 먼 곳까지 올 수 있었던 것은 오직 마법의 양탄자가 있었기 때문입니다."라고 주장했다. 막내는 "마법의 사과가 아니었더라면 공주님은 회복될 수 없었을 것입니다."라며 제각기 다른 주장을 내세웠다.

만약 당신이 국왕이라면 3형제 가운데 어떤 청년을 사위로 삼겠는가? 그 답은 '마법의 사과를 가졌던 청년'이다.

날아다니는 양탄자의 주인인 청년은 지금도 그것을 갖고 있고, 마법의 망원경의 주인 또한 현재 그것을 지니고 있다. 그러나 마법의 사과를 공주에게 주어버린 청년은 자기가 가졌던 전부를 공주에게 준 것이다.

〈탈무드〉는 무엇인가 남에게 베풀 때는 모든 것을 주는 것이 중요하다고 가르친다.

왕이 된 노예

　매우 선량한 마음씨를 가진 한 부자가 있었다. 그 부자는 어느 날 자기가 부리던 노예를 기쁘게 해주기 위해 배 한 척에 많은 물건을 실어주며 "어디든 네가 가고 싶은 곳으로 가서 그 물건들을 팔아 행복하게 살아라."라고 하면서 노예를 해방시켜 주었다.

　넓디넓은 바다를 항해하던 배는 때마침 폭풍우를 만나 암초에 부딪혀서 가라앉고 말았다. 노예는 간신히 목숨을 부지해 가까이에 있는 섬으로 헤엄쳐 갔다. 하지만 그는 모든 것을 잃은 실의와 외로움에 넋을 잃고 큰 슬픔에 잠겨 있었다. 그러다가 가까스로 기운을 차려 섬 안쪽으로 들어가보니 예상치도 못했던 큰 마을이 있었다. 그 마을 사람들은 실오라기 하나 걸치지 않은 벌거숭이로 나타난 그를 대대적으로 환영하며 "우리 왕 만세!" 하고 외치는 것이었다.

호화스런 궁전의 주인이 된 그는 어쩌면 자신이 꿈이라도 꾸고 있는 게 아닌가 생각했다. 도무지 현실이 믿어지지 않아 그는 한 마을 사람에게 물어보았다.

"대체 이게 무슨 일이오? 맨몸으로 이 섬에 닿은 내가 갑자기 왕으로 추대되다니, 뭐가 어떻게 된 일이오?"

그러자 마을 사람이 설명해주었다.

"우리는 살아 있는 인간이 아니라 영혼들입니다. 살아 있는 사람이 이 섬에 들어와서 우리의 왕이 되어주기를 희망하고 있었지요. 하지만 이것을 염두에 두십시오.

1년이 지난 뒤 당신은 이곳에서 쫓겨나 생물이라곤 찾아볼 수 없는 죽음의 섬으로 보내지게 될 것입니다."

"대단히 고맙소. 그렇다면 오늘부터라도 1년 후를 대비해 여러 가지 준비를 해야겠소." 하고 왕이 된 노예는 말했다. 그러고는 틈나는 대로 사막과도 같은 죽음의 섬으로 가서 열매 맺는 나무들과 각종 채소를 심기 시작했다.

마침내 1년이 지나자 왕이었던 그는 그 즐거운 섬에서 추방되어 마을에 처음 들어왔을 때처럼 벌거숭이로 죽음의 섬을 향해 가야 했다. 하지만 거의 불모지였던 그 섬은 이미 과일이 열리고 채소가 자라 살기 좋은 곳으로 변해 있었고, 먼저 추방되어 온 사람들도 그를 반갑게 맞아 주었다. 그리하여 그는 그들과 더불어 행복하게 살았다.

이 이야기에는 여러 상징적인 의미가 함축되어 있다. 맨 처음 등장하는 선량한 부자는 자애로우신 하나님이고, 노예는 사람의 영혼을 뜻한다. 또한 그가 오르게 된 첫 번째 섬은 현세이며, 그곳에서 살고 있던 마을 사람들은 인류이다. 그리고 1년이 지난 뒤 추방되어 간 사막과도 같은 섬은 죽은 다음에 가게 될 세상인 내세이고, 그곳에 있던 채소와 과일은 선행을 상징한다.

 모든 일은 계획에서 시작되고 노력으로 성취되며 오만으로 망쳐진다.

− 관자

효자

　고대 이스라엘의 두마라는 고장에서 금화 6천 개 값에 달하는 다이아몬드를 소유하고 있는 비유태인이 있었다. 한 랍비가 성전을 장식하는 데 쓰기 위해 금화 6천 개를 준비해 그의 집을 방문했다. 하지만 공교롭게도 그의 아버지가 다이아몬드가 들어 있는 금고의 열쇠를 베개 밑에 넣어 둔 채 잠들어 있었다. 그러자 그 비유태인은 다이아몬드를 팔지 않겠다고 말했다. 아버지를 깨울 수 없기 때문이라는 것이었다.

　금화 6천 개를 벌기란 결코 쉬운 일이 아님에도 아버지를 깨우지 않으려는 그의 행동에 감동한 랍비는 많은 사람들에게 그 얘기를 들려주었다.

영원한 생명

랍비가 시장에 나와 "이 시장 안에는 영생을 약속받을 만한 사람이 있다."고 말했다. 모두들 주위를 둘러보았지만 랍비가 얘기한 인물은 없는 듯했다. 그 순간 두 남자가 랍비가 있는 곳으로 걸어왔다. 그러자 랍비가 말했다.

"이 두 사람이야말로 영원한 생명을 주어야 마땅한 훌륭한 선인이다."

주위 사람들이 앞다투어 물었다.

"대체 당신들은 어떤 일을 하고 있소?"

그러자 그 두 남자는 "우리는 광대입니다. 외로운 이에겐 웃음을 선사하고, 다투는 사람을 보면 평화를 나누어 주지요." 하고 대답했다.

잔치

한 왕이 종들을 잔치에 초대했다. 하지만 잔치가 언제 시작될지는 아무에게도 알려주지 않았다. 슬기로운 종은 "왕께서 하시는 일이니 아무 때든 잔치가 시작될 거야. 그러니 준비하고 있어야지." 하고 생각하며 미리 궁전 문 앞에 가서 기다렸다. 어리석은 종은 잔치를 준비하자면 시간이 걸릴 테니 그때까지는 아직 시간이 많이 남아 있으리란 생각에 아무런 준비도 하지 않았다.

잔치가 시작되자 슬기로운 종은 곧바로 궁전 안으로 들어가 잔치에 참석했다. 그러나 어리석은 종은 끝내 시간에 맞춰 궁전으로 들어가지 못하고 말았다.

인간은 하나님의 부르심이 언제 있을지 전혀 알지 못한

다. 그러므로 그분의 잔치에 초대되었을 때 당황하지 않도
록 언제나 준비되어 있어야 한다.

유태의 은둔자

만일 어떤 유태인이 세상 모든 것으로부터 자기를 단절시킨 채 30년 동안 공부만을 계속했다면 그는 30년 후 신에게 자기를 바치며 용서를 빌어야만 한다. 왜냐하면 제아무리 훌륭한 공부를 했다 하더라도 사회로부터 자신을 단절시키는 행위는 죄가 되기 때문이다. 따라서 유태 민족 중에는 은둔자가 거의 없다.

자신의 일을 찾은 자는 복이 있다. 그가 다른 복을 찾지 않게 하라.

– 칼라일

교훈적 이야기

항해 중이던 선박 한 척이 때마침 몰아닥친 폭풍우로 인해 항로에서 벗어나고 말았다.

다음 날 아침이 되자 바다는 다시 잔잔해졌다. 배가 아름다운 섬에 가까웠음을 알게 된 사람들은 그곳에 닻을 내린 뒤 잠시 쉬어 가기로 의견을 모았다. 그 섬에는 아름다운 꽃들이 만발하고, 먹음직스러운 과일이 주렁주렁 열린 나무들이 아름다운 녹색의 그늘을 드리우고 있었으며, 새들이 정겹게 지저귀며 반겼다.

선객들은 자연스럽게 다섯 개의 그룹으로 나누어졌다. 첫 번째 그룹은 섬이 아무리 아름답다 해도 목적지에 빨리 도착해야 한다는 일념으로 배에 그대로 남아 있었다. 자신들이 섬에 가 있는 동안 순풍이 불어와 배가 떠나버릴지도 모른다는 우려 때문이었다.

두 번째 그룹은 재빨리 상륙해 꽃향기를 흠뻑 들이마시고 나무 그늘 아래서 신선한 과일을 따먹고는 원기를 회복한 뒤 곧장 배로 돌아왔다.

세 번째 그룹은 상륙하여 섬 안으로 들어갔는데 지나치게 오랜 시간을 지체하다가 때마침 바람이 불어오자 배가 출항할까봐 헐레벌떡 달려왔다. 그들은 소지품을 잃어버렸거나 어렵사리 배 안에 잡아 놓았던 좋은 자리를 잃고 말았다.

네 번째 그룹은 순풍이 불어오고 선원들이 닻을 올리는 광경을 보면서도 아직 돛을 올리지 않았다는 둥, 선장이 우리를 남겨둔 채 출항할 리가 없다는 둥 여러 가지 이유를 대며 계속 섬에 머물러 있었다. 잠시 후 정말로 배가 출발하려 하자 당황한 그들은 허겁지겁 헤엄쳐 와서 뱃전을 부여잡고 간신히 올라탈 수 있었다. 그러나 그들은 너무 서두르는 바람에 바위나 뱃전에 긁히고 부딪혀 부상을 당했고, 그 상처는 목적지에 도착할 때까지도 아물지 않았다.

지나치게 많이 먹고 흥분한 데다 아름다운 섬에 완전히 넋이 빠진 다섯 번째 그룹 사람들은 출항을 알리는 뱃고동 소리조차 듣지 못했기 때문에 그대로 섬에 남아 있다가 숲

속의 맹수에게 잡아먹히거나 독이 들어 있는 열매를 먹고 탈이 나 결국 모두 죽고 말았다. 당신이라면 어떤 그룹에 속했을지 잠시 생각해보기 바란다.

이 이야기 속에 나오는 배는 인생에 있어 선행을 상징하고, 섬은 쾌락을 상징한다. 첫 번째 그룹은 인생에서 약간의 쾌락도 가까이 하지 않았다. 두 번째 그룹은 잠시 쾌락에 젖어들긴 했지만 배를 타고 목적지까지 가야 한다는 자신들의 의무를 결코 잊어버리지는 않았다. 가장 지혜로운 그룹이다. 세 번째 그룹은 지나치게 쾌락에 빠지지 않고 되돌아오기는 했지만 다소 고생을 했고, 네 번째 그룹도 돌아오기는 했지만 너무 늦게 왔기 때문에 목적지에 도착할 때까지 상처로 고통을 받아야 했다. 그러나 인간이 가장 말려들기 쉬운 경우를 다섯 번째 그룹이 보여준다. 그들은 일생을 허영의 늪 속에 빠져 지내거나, 내일이 있다는 걸 망각한 채 눈앞의 달콤해 보이는 과일에 현혹되어 그것이 독을 품고 있다는 사실조차 알아채지 못하고 먹어버린다.

희망

랍비 아키바는 당나귀와 개와 조그만 램프를 가지고 여행을 했다. 밤의 장막이 드리워지자 헛간을 발견한 아키바는 그곳에서 하룻밤 묵기로 했다. 하지만 잠자리에 들기에는 좀 이른 시간이었기 때문에 아키바는 램프를 켜고 독서를 했다. 그러나 때마침 불어온 바람에 불이 꺼지자 그는 하는 수 없이 잠을 자기로 했다.

한밤중에 여우가 나타나서 랍비가 데리고 왔던 개를 죽였고, 사자가 와서 당나귀를 물어 죽였다. 이튿날 아침이 되자 랍비는 램프를 들고 혼자 터덜터덜 길을 걸어갔다.

어느 마을에 이르렀는데, 사람이라고는 그림자도 볼 수 없이 거의 폐허가 되어 있었다. 그는 전날 밤 도둑떼가 마을로 쳐들어와 모든 걸 파괴하고 사람들을 모조리 죽여 버렸다는 사실을 알게 되었다.

만일 램프가 바람에 꺼지지 않았더라면 그도 도둑에게 발각되었을 것이고, 개가 살아 있었더라면 짖어대는 소리로 인해 도둑에게 들켰을지도 모르며, 당나귀 또한 대소동을 피웠을 것이다. 소유했던 것 전부를 잃은 덕분에 그는 도둑들에게 들키지 않았다.

인간은 아무리 최악의 상태에 놓인다 하더라도 희망을 잃어서는 안 되며, 나쁜 일이 좋은 일로 곧장 연결될 수도 있다는 사실을 믿어야만 한다.

 불행은 인간을, 거대한 사막을 지나 신의 소리를 울려 퍼지게 하는 영혼으로 만든다.

– 오노레 드 발자크

마음

보고, 듣고, 걷고, 서고, 기뻐하고, 경직되고, 부드러워지고, 탄식하고, 두려워하고, 파괴하고, 거만해지고, 설득당하고, 사랑하고, 증오하고, 시기하고, 찾고, 반성하는 것. 이 모든 것을 마음이 한다. 인간의 모든 기관은 마음의 지시를 받고 있는 것이다.

이와 같은 마음을 제어할 수 있는 인간이 가장 강인한 인간이다.

 네 보물 있는 그곳에는 네 마음도 있느니라
– 마태복음 6장 21절

평가

유태인에게는 인간을 평가하는 기준이 세 가지 있다. 첫째는 돈을 넣는 지갑, 둘째는 마시는 잔, 셋째는 성격이다. 이것으로 그 사람이 돈을 어떻게 쓰는가, 술 마시는 품행이 깨끗한가 지저분한가, 인내심이 있나 없나를 평가한다.

인간은 다음과 같은 네 가지 유형으로 구분해볼 수 있다.
첫째는 일반적인 유형으로, 내 것은 내 것이고 네 것은 네 것이라는 인간.
둘째는 이색적인 유형으로, 내 것은 네 것이고 네 것은 내 것이라는 인간.
셋째는 강한 정의감을 소유한 유형으로, 내 것은 네 것이고 네 것도 네 것이라는 인간.

넷째는 나쁜 심성을 지닌 유형으로, 내 것은 내 것이고
네 것도 내 것이라는 인간.

현자 앞에 앉은 인간은 세 가지로 분류할 수 있다.

첫째, 무엇이든지 흡수하는 스폰지형.

둘째, 오른쪽 귀로 듣고 왼쪽 귀로 흘려버리는 터널형.

셋째, 중요한 것과 그렇지 못한 것을
선별해내는 필터형.

현명한 사람이 되는 조건으로 일곱 가지가 있다.

첫째, 자기보다 현명한 사람 앞에서는 침묵을 지킨다.

둘째, 남이 이야기하는 도중에 자르지 않는다.

셋째, 대답할 때는 서두르지 않는다.

넷째, 언제나 요점이 뚜렷한 질문을 하고 사리에 맞는 대
답을 한다.

다섯째, 먼저 해야 할 일과 나중에 해도 될 일을 정확히
구분한다.

여섯째, 모를 때는 모른다고 시인한다.

일곱째, 진실을 인정한다.

새로운 약

내 친구 하나가 중병에 걸려 어떤 새로운 약을 복용하지 않으면 소생할 수 없는 상태에까지 이르게 되었다. 하지만 그 약은 수요가 너무 많아 생산이 따르지 못하기 때문에 좀처럼 구하기가 힘든 것이었다. 그러자 그 가족 중 한 사람이 내게 와 "당신은 교수라든가 훌륭한 의사들을 많이 알고 있을 테니 어떻게든 그 약을 좀 구해줄 수 없겠습니까?" 하고 간청했다. 나는 안면이 있는 의사에게 이야기하며 친구를 도와달라고 부탁했다.

내 청에 그 의사는 "만약 지금 내가 지니고 있는 약을 당신 친구에게 주면 이것만을 기다리고 있던 사람은 죽을지도 모릅니다. 그렇게 되더라도 당신은 내게 그 약을 부탁하겠

소?"라고 물었다. 나는 잠깐 생각할 시간을 달라고 한 다음
〈탈무드〉를 펼쳐 보았다.

어떤 사람을 죽이면 자기 생명이 살아날 경우 어떻게 하는가? 만약 그 사람을 죽이지 않으면 자기가 죽을 경우에는 어떻게 하는가? 자기의 목숨을 부지하기 위해 남을 죽여서는 안 된다. 어찌해서 자기의 피가 남의 피보다 진하다고 할 수 있는가? 어떠한 인간의 목숨도 다른 인간의 목숨보다 더 소중하다고 할 수는 없는 것이다.

이것을 내 경우에 대입해보면 내 친구의 목숨이 그 약을 구하지 못하면 죽을지도 모를 사람의 목숨보다 더 소중하다고 할 수는 없는 것이다. 나는 이런 경우를 친구의 가족들에게 어떻게 설명해야 할지 몹시 난감했다. 친구가 위태로운 지경에 이르러 그 가족들이 나를 믿고 도움을 청해왔는데도 〈탈무드〉에 따르자면 나는 그 친구의 죽음을 그저 기다리고 있어야만 한다. 나는 약을 구하지 않기로 했다. 그 결과 내 친구는 죽고 말았다.

꿈

이웃집 부인과 은밀한 관계를 가져봤으면 좋겠다는 소망을 가지고 있던 한 남자가 어느 날 밤 비록 꿈속이었지만 그녀와 성관계를 갖는 꿈을 꾸었다. 〈탈무드〉에 따르면 그것은 바람직한 징조이다. 꿈은 하나의 소망이 나타나는 것이므로 현실에서 그런 일이 일어났다면 꿈을 꿀 까닭이 없기 때문이다. 그 정도로 자제하고 있다는 증거로 그것은 매우 좋은 일이다.

> 자기 자신을 자제하는 사람은 그가 즐거움을 찾아낼 수 있는 만큼 쉽게 슬픔을 이겨낼 수 있다.
> – 오스카 와일드

방문

환자에게 병문안을 가면 그 환자의 병세가 60분의 1만큼은 호전된다. 하지만 그렇다고 해서 60명이 동시에 몰려간다고 환자가 완쾌되는 것은 아니다.

죽은 사람의 묘지를 찾아가는 것은 가장 아름다운 행위이다. 환자에게 병문안을 가면 완쾌된 환자로부터 감사의 인사를 받을 수도 있지만 죽은 사람은 어떤 인사도 없다. 감사를 바라지 않고 취하는 행위야말로 가장 아름다운 것이다.

 삶의 의의는 세상을 위해 일하는 데 있다.
– 에디슨

조미료

안식일인 토요일 오후에 로마 황제가 친분 있는 랍비를 방문했다. 사전에 아무 연락도 없이 랍비의 집에 불쑥 들이 닥친 황제는 그곳에서 매우 즐거운 시간을 보냈다. 음식은 모두 맛있었고 식탁에 둘러앉은 여러 사람들은 입을 모아 노래를 부르거나 〈탈무드〉에 대한 이야기를 나누었다. 황제는 참으로 흐뭇해하면서 수요일에 다시 방문하고 싶다고 자청했다.

황제가 수요일에 다시 와보니 미리 맞이할 준비를 해놓고 기다리고 있던 사람들은 제일 좋은 그릇을 꺼내 놓았고, 안식일에는 쉬던 하인들까지 전부 나와 접대를 했다. 요리사가 없어서 찬 음식밖에 내놓지 못했던 안식일과는 달리

제대로 된 음식도 많이 차려졌다.

　그러나 황제는 역시 음식은 지난 토요일 것이 맛있었다고 말하며 그날 사용했던 조미료가 대체 무엇이었냐고 물었다. 그러자 랍비는 "로마 황제께서는 그 조미료를 결코 구하실 수가 없습니다." 하고 대답했다. 황제는 가슴을 내밀며 "아니오, 로마 황제는 무슨 조미료든 다 구할 수가 있소."라고 장담했다. 랍비가 다시 말했다.

　"유태의 안식일이라는 조미료, 이것만은 로마 황제이신 당신께서 아무리 애쓰신다 해도 구하실 수 없는 것입니다."

 삶을 위해 투쟁한다는 것은 성공을 위한 투쟁에 불과하다.
　　　　－ 러셀

돈

고민과 언쟁, 빈 지갑, 이 세 가지가 인간의 마음을 상하게 하는 것들이다. 그중에서도 가장 인간을 상하게 하는 것은 빈 지갑이다.

신체의 각 부분은 모두 마음에 의지하고, 그 마음은 돈지갑에 의지한다.

돈은 장사를 위해 써야지 술을 위해 써선 안 된다. 돈은 약도 저주도 아니다. 그것은 인간을 축복하는 것이다.

하나님으로부터의 선물을 살 수 있는 기회를 제공해주는 것이 돈이다.

돈을 빌려준 사람에게 분노를 느끼는 사람은 없다.

부는 요새고 빈곤은 폐허다.

돈이나 물건은 그냥 주지 말고 빌려주어야 한다. 그냥 주면 받은 사람이 준 사람 아래에 위치해야 하지만, 빌려주고 빌려 쓰면 대등한 사이를 유지할 수 있기 때문이다.

 돈 벌 능력이 있는 사람의 구걸을 참지 말라.
  – 미겔 드 세르반테스

가정

부부가 진정으로 사랑하고 있을 때에는 칼날만한 침대 위에서라도 잘 수가 있지만, 불화할 때는 16미터나 되는 널따란 침대도 비좁게 느껴진다.

좋은 아내를 얻은 남자야말로 이 세상에서 가장 행복한 사람이다.

남자는 결혼과 더불어 죄가 늘어난다.

이유 없이 아내를 괴롭혀서는 안 된다. 하나님이 그녀의 눈물방울을 세고 계신다.

모든 질병 가운데서 가장 괴로운 것은 마음의 병이며, 모든 악 가운데서 가장 나쁜 것은 악처다.

이 세상에서 다른 것으로 갈아치울 수 없는 것은 젊은 시절 결혼하여 함께 살아온 늙은 아내다.

아내는 남자의 집이다.

아내를 선택할 때는 소심해야 한다.
상대를 만나보지도 않고 결혼해선 절대 안 된다.

한 형제를 차별해서 키워선 안 된다.

자식이 어렸을 때는 엄하게 꾸짖고, 성장한 후에는 꾸짖지 말라.

어린아이는 엄하게 가르쳐야 하지만 기가 꺾이게 해서는 안 된다.

아이를 꾸짖을 때는 잔소리를 늘어놓지 말고 단 한 번 엄하게 꾸중하라.

어린아이는 부모의 말씨를 그대로 모방한다. 그 말씨로 성격을 알 수 있다.

가정에서 부도덕한 일을 하는 것은 과일에 벌레가 붙은 것과 같다. 의식하지 못하는 사이에 계속 번져 나가기 때문이다.

아이는 아버지를 존경해야 한다.

아이가 아버지 자리에 앉으면 안 된다.

아이는 아버지가 남과 의견 대립을 보이고 있을 때 남의 편을 들어서는 안 된다.

아이들이 아버지를 받들고 따르는 것은 아버지가 그들을 위해 먹을 것, 입을 것을 가져다주기 때문이다.

동물

고양이와 쥐도 먹이를 함께 먹고 있을 때에는 서로 다투지 않는다.

여우의 머리가 되느니 사자의 꼬리가 되는 편이 낫다.

한 마리의 개가 짖기 시작하면 많은 개가 덩달아 짖는다.

동물은 자기와 같은 부류의 동물과만 어울린다. 늑대가 양과 같이 노는 일은 없고, 하이에나는 개와 함께 생활하지 않는다. 부자와 가난한 자 역시 그와 같다.

맥주

〈탈무드〉에서는 하인이나 노예도 주인과 똑같은 음식을 먹어야 하고, 주인이 방석에 앉으면 하인에게도 방석을 내주어야 하며, 높은 사람이라고 해서 높은 자리에 앉으면 안 된다고 가르치고 있다.

내가 이스라엘 전선에 갔을 때 부대장의 초대를 받아 식사를 함께 한 적이 있다. 당번병이 맥주를 가지고 오자 부대장이 병사들도 마셨느냐고 물었다.

"오늘은 맥주가 조금밖에 없어 이곳에만 가져왔습니다." 하고 당번병이 대답했다. 이에 부대장은 "그렇다면 나도 오늘은 마시지 않겠다."고 말했다. 바로 이것이 유태인들의 전통적인 사고방식이다.

선한 사람

이 세상에는 매우 필요한 것 네 가지가 있다. 금과 은, 철, 구리가 그것이다. 하지만 그것들은 모두 다른 것으로 대신할 수 있다. 진정 다른 어떤 것으로 대신할 수 없으면서 필요한 것은 선한 사람뿐이다. 〈탈무드〉에서 말하는 선한 사람이란 큰 야자수같이 우거지고 레바논의 삼나무처럼 늠름하게 솟아 있는 사람이다. 야자수는 한 번 잘라내면 다시 무성하게 성장하는 데 4년이 걸리고, 레바논의 삼나무는 아주 먼 곳에서도 보일 정도로 크다.

삶의 목표 가운데 단연 가치 있는 것 한 가지가 있다. 바로 사람에게 선을 베푸는 일이다.
– 가말리엘 베일리

자선

〈탈무드〉 시대의 유태 가정에서는 안식일 전날인 금요일 저녁이면 어머니가 촛불을 켠다. 그러면 아버지가 아이들의 머리에 손을 얹고 축복을 기원한다. 유태인들의 집에는 반드시 '유태인 기금'이라고 쓰인 상자가 있어서 아이들에게 동전(히브리어로 '주즈'라고 하며, 화폐 단위인 동시에 '움직이다'라는 의미도 있다)이 주어지고, 촛불을 켤 때 그 상자에 돈을 넣도록 한다. 이는 어릴 때부터 자선 행위를 가르치기 위한 것이다.

금요일 밤에는 가난한 사람들이 자선을 구하기 위해 부자들의 집을 차례로 돈다. 그러면 어른들이 가난한 사람들에게 직접 돈을 주는 것이 아니라 반드시 아이들을 시켜서 그 상자 속의 돈을 꺼내주게 되어 있다. 이것은 아이들에게 자선 행위를 직접 실천시키기 위함이다.

지금도 세계에서 자선을 위해 가장 많은 돈을 쓰는 민족이 유태인이다.

 다른 사람의 자선을 전적으로 옹호하면서 정작 자신은 자선을 베풀지 않는 사람은 더없이 가엾다.

— 윌리엄 J. 템플

살아 있는 바다

세계 여러 민족 가운데 가장 자선을 중요시하는 게 유태 민족이다. 그럼에도 오늘날에는 랍비나 혹은 이웃이 권유하지 않으면 자선을 베풀지 않는 사람들도 때때로 눈에 띈다. 그럴 때 나는 다음과 같은 얘기를 한다.

이스라엘 요단강 근처에 두 개의 호수가 있다. 하나는 사해이고, 또 하나는 히브리어로 '살아 있는 바다'라고 불리는 호수다. '죽은 바다', 즉 사해에는 밖에서 물이 들어오긴 하지만 다른 데로 나가지는 않는다. 한편 살아 있는 바다에는 물이 들어오기도 하고 나가기도 한다. 자선을 베풀지 않는 사람은 앞에 얘기한 바로 그 사해다. 돈이 들어오기만 하고 아무 데로도 나가지 않는다. 자선을 베푸는 사람은 살아 있는 바다와 같이 돈이 들어오고 또 나가기도 한다. 우리는 살아 있는 바다가 되지 않으면 안 된다.

 진실한 소유는 자선을 통해서만 가능하다. 타인에게 무언가를 줄 때라야만 비로소 가질 수 있기 때문이다.

– 윌리엄 심스

당나귀와 다이아몬드

　한 유태인 여성이 백화점으로 쇼핑을 나갔다가 돌아와서
는 사온 물건을 펼치자 상자 속에 자기가 사지 않은 물건이
있었다. 그녀가 산 것은 양복과 외투뿐이었는데, 상자 속에
는 매우 값비싸 보이는 반지가 함께 들어 있었다. 아들과 단
둘이 살고 있는 그녀는 그다지 넉넉한 처지가 아니었다. 그
녀는 어린 아들에게 그 이야기를 한 다음 상담을 하기 위해
랍비를 찾아가야겠다고 생각했다. 그녀가 찾아왔을 때 나는
〈탈무드〉의 이야기를 들려주었다.

　나무를 해다 팔아 생계를 꾸려가고 있는 한 랍비가 있었
다. 항상 산에서부터 마을까지 나무를 실어 나르던 그는 그
시간을 절약해 〈탈무드〉를 더 연구하고자 하는 마음에서

당나귀를 한 마리 사기로 결정했다. 그리하여 그는 마을의 아랍 상인에게서 당나귀 한 마리를 샀다. 제자들은 랍비가 보다 빠르게 산에서 마을까지 왕복할 수 있게 된 것을 좋아하며 냇가로 나가 당나귀를 씻겨주었다. 그때 갑자기 당나귀 목구멍에서 다이아몬드가 튀어나왔다. 제자들은 이제 랍비가 나무꾼 생활에서 벗어나 자기들을 가르치고 연구할 시간을 보다 많이 갖게 됐다면서 기뻐했다. 하지만 랍비는 제자들에게 지금 당장 마을로 가서 아랍 상인에게 다이아몬드를 돌려주라고 명령했다. 한 제자가 "이 당나귀는 이미 선생님께서 사신 것이 아닙니까?" 하고 물었다.

그러자 랍비는 "분명 당나귀를 산 기억은 있지만 다이아몬드를 산 기억은 없다. 나는 내가 산 것만을 갖겠다. 이것이 정당한 일이다."라고 말하며 아랍 상인에게 가서 다이아몬드를 돌려주었다.

그러자 아랍 상인은 "당나귀는 이미 당신이 샀고 다이아몬드는 그 당나귀 속에 들어 있었는데, 그것을 돌려줄 필요가 있습니까?"라고 물었다. 랍비는 유태의 관례에 따르자면 자기가 구입한 물건만을 가져야 하기 때문에 다이아몬드를 당신에게 돌려주는 것이라고 대답했다. 이에 아랍

상인은 당신들의 하나님이야말로 진정으로 위대한 신임이 분명하다면서 감탄했다.

　이 이야기를 듣고 난 그녀는 "그렇다면 지금 돌려주러 가야겠군요. 그런데 뭐라고 말하면서 돌려줄까요?" 하고 물었다. 나는 이렇게 대답해주었다.

　"그들이 왜 돌려주느냐고 묻거든 이 반지가 백화점의 것인지 백화점 점원의 것인지는 알 수 없으나 내가 유태인이기 때문이라고 대답하시오. 그리고 반드시 아들을 데리고 가십시오. 아들은 자기 어머니가 정직한 분이라는 것을 일생 동안 잊지 않을 것입니다."

 인간은 자기 자신에게 솔직해야만 남들에게도 솔직할 수 있다. 자신에게 솔직하지 못한 자는 가망 없는 환자와도 같다.
– 윌리엄 J. H. 보엣커

새 동업자

두 사람의 동업자가 있었다. 두 사람 모두 경험은 없었으나 성실하고 부지런했기 때문에 맨주먹으로 시작해 자그마한 빌딩을 소유하기까지 사업은 매우 성공적이었다. 그러던 어느 날, 불현듯 그들은 자기네가 대단한 성공을 거두었음을 깨닫게 되었다. 그러나 두 사람 사이에는 아무런 증서도 없었기 때문에, 그들이 건강하게 살아 있는 동안은 괜찮으나 아이들 대에 가서 말썽이 일어나지 않도록 계약서를 작성해두기로 했다.

그런데 일단 계약서 작성이 시작되자 두 사람은 사사건건 다투게 되었다. 아니, 계약서를 만들기 직전부터 의견 충돌이 생겨났다. 이유는 너는 공장 책임자이고 나는 본사 책임자라든가 하는 따위의 세세한 것까지 문서화시키려 했기 때문에 서로 상대가 자기보다 유리한 조건을 차지하려는 게 아닌가 의심하게 되었던 것이다. 사업을 시작해서 성공할 때까지는 아무런 말썽도 없었던 만큼 두 사람은 나란히 내게로 상담하러 왔다. 이건 어느 쪽이 옳고 어느 쪽이 그르다는 문제가 아닌 만큼 나로서도 간단명료하게 결론을 내려줄 수가 없었다. 그들은 한 사람은 영업, 한 사람은 생산으로 나뉘어 서로 자기가 없었다면 이 회사도 없었다고 주장하며 언성을 높였다. 자신은 없었지만 나는 이렇게 말했다.

"두 사람이 싸움을 하기 전까지는 모든 것이 상당히 잘되어 왔습니다. 따라서 두 사람이 반목함으로 인해 회사가 무너지는 걸 모른다는 건 매우 어리석은 일입니다. 그렇다고 이런 상태로 사업을 계속할 수도 없을 겁니다. 어떻게든 해결의 실마리를 찾지 않으면 안 될 시점이지요."

나는 〈탈무드〉를 펼쳐 다음과 같은 간단한 문구를 찾아냈다.

'태어나는 아이의 생명은 아버지와 어머니, 그리고 하나님에 의해 부여되었다. 하지만 성장함에 따라 그 아이에게는 또 한 사람, 생명을 부여하는 자가 추가된다. 그것은 교사다.'

"당신네 회사의 실질적인 경영자는 누구입니까?" 하고 내가 묻자 그들은 둘 다라고 대답했다. 그래서 나는 말했다.

"그렇다면 하나님도 회사 경영진에 끼워드리는 게 어떻겠습니까? 어쨌든 하나님은 전 우주에 참여하고 계시니까요. 서로 자기가 잘했다고만 주장하지 말고, 모든 우주의 움직임은 하나님의 섭리이니 그분을 동료로 삼아도 무방하지 않겠습니까?"

그때까지는 두 사람이 공동 대표자여서 아무런 문제가 없었는데 지금은 둘 다 사장이 되고 싶어했다. 그래서 나는 다시 조언을 해주었다.

"당신네들의 회사인 것은 물론이지만 동시에 하나님의 회사이기도 하다는 겁니다. 또한 당신들은 유태인을 위해서 일하고 있는 것이기도 하니, 자기의 회사라는 생각을 너무 내세우지 말고 자신들은 하나의 의무를 수행하고 있다고 생각하게 되면 어느 쪽이 사장이 되는가 따위는 크게 중요한 일이 못 된다는 사실을 알게 될 것입니다. 영업 담당은 그대로 영업을 하고, 공장 담당은 전처럼 공장 일을 하도록 하면 좋겠지요."

그 뒤 이 회사는 대단히 번창하여 자신을 위해 수익의 몇

할 정도를 기부할 만큼 되었고, 그것이 또 하나의 목표가 되었기 때문에 누가 사장이라고 규정할 것도 없이 매출은 계속 올라가고 있다.

 이기적이지 않고 고귀한 행동은 영혼의 일대기에서 가장 찬란한 페이지다.

– 데이비드 토마스

뿌린 만큼 거둔다

자선 행위로 어느 곳엔가 헌금을 하게 되면 사람들은 일반적으로 돈을 잃었다고 생각하기 쉬우나 사실은 그렇지가 않다. 실제로는 남에게 베푼 만큼 나중에 다시 돌아온다.

자선에 돈을 쓰면 쓸수록 오히려 더 불어나서 다시 돌아온다는 말을 할 때 나는 다음과 같은 〈탈무드〉 이야기를 인용한다.

큰 농장을 소유하고 있는 농부가 있었다. 그는 예루살렘 근처에서 가장 자선심이 후한 사람으로 알려져 있었으므로 매년 랍비들이 그의 집을 방문했고, 그럴 때마다 그는 아낌없이 자선을 베풀었다. 어느 해, 폭풍우가 몰아닥쳐 과수원이 모두 망가져버리고 가축들에게 전염병이 번져 그가 기르던 양과 소, 말까지 모조리 죽고 말았다. 그러자 채권자들이 그의 집으로 몰려들어 재산을 모두 압류해버려서 그에게는 손바닥만한 토지밖에 남지 않았다. 그러나 그는 하나님이 주시고 또 가져가셨으므로 하는 수 없는 일이라며 태연자약했다. 어느 해처럼 찾아온 랍비들이 당신은 그토록 부유했는데 이처럼 한순간에 몰락해버릴 수가 있느냐며 동정을 금치 못했다. 농부의 아내가 남편에게 말했다.

"우리는 항상 랍비들이 학교를 세우거나 교회를 유지할 수 있도록, 또한 가난한 사람, 늙은 사람을 도울 수 있도록 헌금을 했었는데, 올해는 아무것도 줄 수가 없으니 참으로 안타깝군요."

부부는 랍비들을 빈손으로 보낼 수는 없으므로 마지막 남아 있던 땅의 절반을 팔아 헌금하고 그 대신 남은 절반의 땅에서 더 열심히 일해 메꾸어 나가자고 합의했다. 뜻하지 않았던 헌금을 받고 랍비들은 매우 놀랐다.

그 후 부부는 나머지 땅에 온 정성을 다 기울였다. 그러던 어느 날 밭갈이하던 소가 갑자기 쓰러져버렸다. 흙투성이가 된 소를 일으키려 애쓰는데 소의 발밑에 뭔가가 보였다. 엄청난 양의 보물이었다. 그것들을 파낸 그들은 다시 예전과 같은 농장을 경영할 수가 있었다. 이듬해 랍비들은 아직도 그 농부가 가난한 생활을 계속하고 있으리라 생각하며 지난해의 자그마한 땅으로 찾아갔다. 그러나 이웃 사람들이 그는 이제 여기에 살지 않고 건너편의 커다란 집에서 살고 있다고 말했다. 랍비들이 찾아가자 농장주는 지난 1년 동안 있었던 일을 모두 설명했다. 그러고는 아낌없이 자선을 베풀면 반드시 되돌아온다고 말하는 것이었다.

나는 헌금을 모을 때마다 이 얘기를 보다 자세하게 몇 번이고 한다. 그리하여 그때마다 목표했던 만큼의 헌금을 모금할 수 있었다.

 굶주림은 일하지 않고 빈둥거리는 자의 길동무다.

― 헤이오도스

호랑이 이야기

언젠가 A나라에서 B나라로 온 유태인과 대화를 나눈 일이 있었다. 대개 그러한 유태인들은 A나라 편으로 B나라를 싫어한다든지, B나라 편으로 A나라를 싫어한다든지, A나라나 B나라를 싫어한다든지, 또는 A나라나 B나라를 똑같이 좋아한다든지 하는 등 여러 가지 타입이 있게 마련인데, 예의 그 유태인은 전에 B나라가 A나라를 점령했을 때 유태인을 학대했다고 해서 B나라에 대해 다소 불유쾌한 감정을 가지고 있었다.

그 당시 유태인들은 특별 거주 지역으로 지정된 곳에 집단으로 갇혀 있어야 했고, B나라 경비병에 의해 감시까지 당하고 있었다. 유태인들은 자주 구타를 당하고 전염병까지

돌아 많은 친지들이 죽거나, 식량 사정이 몹시 나빴기 때문에 전쟁 도중 상당히 괴로웠던 추억을 갖고 있는 사람들이 많았다.

"유럽에서는 6백만 명가량의 유태인이 학살되었습니다. 전시의 유럽에 있었던 유태인들만큼 비참한 사람도 없었죠. 현재 당신은 B나라에 와 나에게 전쟁의 와중에 괴로웠던 이야기를 하고 있는데, 이것은 당신이 살아 있다는 증거가 아니겠습니까? 〈탈무드〉에는 이런 이야기가 있습니다."

나는 그에게 목에 뼈가 걸린 호랑이 이야기를 해주었다.

목에 뼈가 걸려버리자 호랑이는 누구든 자기 목에서 뼈를 꺼내주는 자에게 큰 상을 주겠다고 말했다. 그러자 한 마리의 학이 날아와서 호랑이의 입을 한껏 벌리게 했다. 학은 제 머리를 호랑이의 입속에 들이밀고 긴 부리를 이용해 힘들이지 않고 뼈를 꺼냈다. 그리고 나서 "호랑이님, 제게 어떤 상을 내리시겠습니까?"라고 물었다. 그러자 호랑이는 학을 노려보며 말했다.

"내 입속에 머리를 넣고서도 살아날 수 있었다는 것이 바로 그 상이다. 그렇게 위험한 지경에 처했다가도 살아서 돌아갈 수 있다는 건 큰 자랑이 될 것이고, 그 이상의 상이란 없다."

 감정이 격해지면 길을 잃어버릴 수도 있다.
– 오스카 와일드

유태인의 장례

죽은 이에게는 경의를 표해야 한다. 죽은 이는 잘 지켜지지 않으면 안 된다. 먼저 몸을 깨끗하게 하는데, 그 지역사회에서 가장 존경받는 사람이 죽은 이의 몸을 씻긴다. 그것은 유태 사회에서 대단히 명예로운 일로 여겨지고 있다. 그리고 될수록 빨리 매장하는 것을 원칙으로 하여 대개는 죽은 다음 날 고인을 매장한다. 절대로 화장은 하지 않는다.

죽은 이를 조금이라도 알았던 사람은 모두 장례식에 참석한다. 그중 한 사람, 즉 랍비가 조사를 읽고 상주가 기도문을 읽는다. 그들은 함께 교회에 가서 같은 기도를 한 후 1년간 매일 기도문을 외운다. 매장이 끝나면 가족들은 집으로 돌아온다. 거울은 모두 덮개로 씌워 놓고 한 자루의 촛불을 계속 켜둔 채 10명 이상의 친지가 모여 방바닥에 앉아 기도를 드리는데, 그 의식은 일주일 동안 계속된다. 상주는 일주일간 집 밖으로 나가지 않는다. 교회에도 일주일이 지난 뒤에 가는 것이다. 그 일주일 동안 유가족을 알고 있는 사람들은 그 집을 한 차례씩 방문한다. 그리하여 일주일이 지나면 가족들은 집 밖으로 나와 집 둘레를 한 바퀴 돈다.

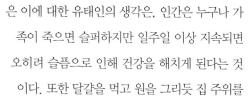

장례식에서 돌아온 가족은 둘러앉아 달걀을 먹는다. 죽은 이에 대한 유태인의 생각은, 인간은 누구나 가족이 죽으면 슬퍼하지만 일주일 이상 지속되면 오히려 슬픔으로 인해 건강을 해치게 된다는 것이다. 또한 달걀을 먹고 원을 그리듯 집 주위를 도는 것은, 원은 시작도 끝도 없으므로 생명도 그것처럼 끝없이 돌고 있지 않으면 안 된다는 것을 상징한다. 또한 살아 있는 사람 역시 계속 살아가야 한다는 의미이기도 하다.

가장 깊은 슬픔이 함께하는 것은 일주일간이고 그다음 1개월간은 앞서의 일주일만큼 슬픔이 깊지는 않다. 그 후의 1년 사이에 슬픔은 엷어진다. 그 1년 뒤에는 기일이 아니면 상을 따르지 않는다. 1년간 상을 따르는 것은 부모의 경우이고, 친척이나 친지일 때는 일주일 내지 1개월에 상이 끝난다.

　부친이 돌아가셨을 때 나는 너무도 애통하여 식사를 할수 없었지만 그래도 달걀을 먹지 않으면 안 되었다. 그것은 의무로 규정되어 있는 것이므로 어떻게든 먹어야 했다. 바로 거기에 큰 의의가 있다. 죽은 이만이 살아 있는 인간을 지배하고 있는 것이 아니라 계속 살아가는 것이 중요하다는 것을 유태인은 뚜렷이 인식하고 있는 것이다. 그 때문에 자살은 하나님의 섭리를 부정하는 큰 죄다.

　장례식은 부자나 빈자나 학자나 교육을 받지 못한 자나 모두 똑같은 관에 넣고, 똑같은 수의를 입혀 거행한다. 요컨대 인간의 평등이라는 것을 존중하는 것이다. 교회에서 모두 같은 덮개를 쓰고 같은 모습으로 기도하는 것도 그것에 기인한 것이다.

 죽음은 인생을 살아가며 겪는 당혹스러운 일이다. 그 누군가가 당신이 남긴 세세한 모든 것까지 알게 되기 때문이다.
　– 앤디 워홀

바벨탑

'바벨'이란 낱말은 히브리어로 '혼란'을 뜻하는데, 이것에 관한 이야기는 세계 문학 사상 풍자문학의 시초다.

세월이 흐름에 따라 인간들은 하나님과의 약속을 잊고 지식을 늘려 벽돌 만드는 기술을 익혔다. 그리하여 차츰 큰 건물이며 탑을 구축하게 되었다. 왕이나 세력자들은 자신들의 권위를 과시하기 위해 앞다투어 커다란 축조물을 세웠다. 그처럼 큰 축조물을 세우기 위해서는 당연히 몇십만 명에 달하는 노예들의 노동이 필요했다. 그때 수많은 노예들이 벽돌을 위로 쌓아 올리는 작업 도중에 떨어져 죽었다. 인간들은 올바른 행실을 통하여 스스로를 빛내기보다는 오히려 높디높은 탑을 세워 하나님의 성역에 닿아보려고 안간힘을 썼던 것이다. 그리하여 인간보다 벽돌의 가치가 높아져서 노예들이 일하는 도중 아래로 떨어지는 경우가 발생해도 그곳 사람들은 아무도 그 죽음을 슬퍼하지 않았다. 반면에 탑 꼭대기에서 벽돌 한 장이 떨어지기라도 하면 아래에 있던 인간들은 모두 슬퍼하며 울부짖었다. 그 한 장의 벽돌을 새로 쌓기 위해서는 다시 1년이라는 세월이 소요되었기 때문이다.

하나님은 인간이 그런 탑을 축조하고 있는 꼴을 보면서 '이것은 너무나 낮고 보잘것없는 탑이다. 그럼에도 저렇게 인간이 나에게 닿아보겠다며 애를 쓰고 있다니, 내가 지상으로 내려가서 무엇 때문에 그러는지를 살펴보아야겠다.'라고 하셨다. 이 대목은, 하나님은 그것이 어떤 것이든 인간들이 하는 일에 비상한 관심을 가지고 있음을 강조하여 보여주는 것이다. 또한 인간이 하나님께 접근하고자 할 때에 물질적 수단이 아니라 정신적으로 가까이하지 않으면 결코 이룰 수 없음을 시사하고 있다.

인간들은 이 같은 탑을 쌓아 올리는 동안에 여러 가지 이견으로 서로 싸웠다. 그러므로 하나님은 그 벌로 그들에게 각기 다른 언어를 사용하도록 했다. 후일의 세계에서도 '부'라는 것이 인간들을 혼란에 빠뜨리고 또한 싸움의 불씨가 됨을 여기서 암시하고 있다.

〈탈무드〉를 보면 성서를 읽고 난 랍비들은 제각기 열 가지쯤 서로 다른 해석을 한다. 그것은 여러 가지 측면에서 토론을 하기 때문이다. 그러다가 세월이 흐르면 결국에는 한 가지나 두 가지 정도가 남게 된다. 다시 세월이 흐르는 동안에 이 한두 가지 남은 것이 유태인들이 믿는 해석으로 정착되는 셈이다. 그러므로 그것은 모든 랍비들의 일치된 해석이라기보다는 몇 사람의 해석일 수도 있고, 세부적인 면에서 해석이 서로 다른 것도 더러 있게 마련이다.

 인생이란 겸손을 배우는 긴 여정이다.
― 제임스 M. 배리

고난에 처해 있을 때

아브라함의 아내에게는 아기가 생기지 않았다. 아내인 사라는 몸종을 남편에게 보내어 아기를 낳도록 하였다. 그 몸종의 이름은 하갈이었고, 아기의 이름은 이스마엘이었다.

어느 가정이나 아내가 둘 있으면 아무래도 조용하지 않게 마련이다. 하물며 정실에게서 아이가 생기지 않아 첩에게 아이를 낳게 했는데, 나중에 정실에게서 자식이 태어나면 필연적으로 두 여인은 싸우게 마련이다. 아브라함의 가정에서도 예외는 아니었다. 하갈은 자기 몸에 태기가 있는 것을 알게 되자 정실을 업신여겼다. 이에 하나님이 사라를 축복해주셨다. 하갈이 낳은 자식은 거칠고 난폭했다. 자신이 낳은 이삭을 무척 사랑하던 사라는 남편에게 하갈과 이스마엘을 집에서 쫓아내라고 졸라댔다. 마침내 하갈 모자는 물과 먹을 것을 조금 챙겨 집 밖으로 쫓겨났다. 여행길에 나서서 얼마 동안 가노라니 먹을 것이 떨어지고, 물도 없어졌다. 아이가 목이 말라 울어대자 하갈은 견디다 못해 아이를 나무 그늘에 내버리고 떠나려 했다. 그러자 하나님께서 모습을 나타내시고는, '하갈아, 어찌 된 일이냐? 하고 물으신다.

후일의 랍비들은 하나님으로서는 하갈이 물도, 먹을 것도 없이 망연자실하고 있음을 알아차리고 있었을 텐데도 왜 '어찌 된 일이냐?'라는 질문을 던졌을까를 고찰했다. 하나님이 그렇게 말씀하시며 그녀의 눈을 뜨게 했으므로 그녀는 거기에 우물이 있음을 발견했다. 우물은 갑자기 그곳에 나타난 것이 아니고 전부터 그 자리에 있었는데도 하갈은 당황한 나머지 보지 못했던 것이다.

이 이야기의 교훈은, 인간은 정신적으로 눈이 멀게 되는 경우가 있다는 것이다. 바로 자신의 눈앞에 다가온 기회를 보지 못하고 놓치는 경우도 있는 것이다. 하나님이 어찌 된 일이냐고 역으로 질문을 던지신 이유는, 그녀가 바로 우물 곁에 서 있었기 때문이다.

행복할 수 있는 동기는 자신의 신변 가까운 곳에, 바로

손이 닿는 곳에 있을지도 모른다. 그러므로 이 이야기는 고
난에 처해 있을 때는 다시 한번 자신의 주위를 찬찬히 점검
해볼 필요가 있음을 암시하고 있는 것이다.

원하는 것을 전부 얻었을 때 조심하라. 살찌는 돼지는 운이
나쁘다.

– 해리스

가장 나쁜 사회

　하나님은 자신의 눈으로 소돔과 고모라라는 마을에서 무슨 일이 일어나고 있는가를 직접 살펴보려고 하셨다. 이 이야기는 유태인이라면 어떠한 재판관일지라도 고소당한 사람의 실정을 조사해보지 않고서는 판결을 내릴 수 없고, 실제로 현장에 가서 살펴보야만 한다는 사실을 가르치고 있다.

　소돔과 고모라, 두 마을은 지상에서 가장 악한 고장이었다. 소돔이라는 마을에서는 낯선 사람이 마을에 들어오는 것을 좋아하지 않았으며, 그곳 사람들은 누구를 막론하고 모두에게 의심을 품었다. 이 때문에 어떤 여행자든 이 마을을 방문한 후에는 반드시 후회를 했다.

가난한 자가 어쩌다가 구걸하기 위해 이 마을에 들어서 기라도 하면, 그곳 사람들은 헛웃음으로 맞이하며 표시를 해놓은 돈을 주었다. 그러나 그 돈으로 무엇을 사려고 해도 표시가 있기 때문에 아무것도 사지 못하고 결국에는 굶어 죽게 되고 마는 것이다. 그다음에 마을 사람들은 제각기 죽은 자의 주머니에서 자기가 표시해 놓았던 돈을 되찾아 가게 되어 있었다.

어느 날, 한 나그네가 두 딸을 데리고 이 마을에 들어와 일자리를 얻게 되었는데, 그가 맡은 직업은 금화를 지키는 파수꾼이었다. 50개나 되는 금화에는 모두 특수한 기름이 발라져 있었으므로 그 냄새로 돈이 어디에 있는지를 곧 알 수 있게끔 되어 있었다. 어느 날, 그곳에 도둑이 들었다. 금화는 아무도 모르게 깊숙이 감추어 두었는데도 그 냄새 때문에 이내 발견되어 모조리 털리고 말았다. 금화는 물론이고 나그네가 가지고 있던 개인 물품까지 몽땅 잃었다.

그는 그 책임을 면할 길이 없어 재판에 붙여졌는데, 결국에는 50닢의 금화를 변상하지 못했다는 이유로 딸들과 함께 노예로 팔려버렸다. 물론 도둑은 그 마을 사람이었다.

며칠 후 한 딸이 친구를 만났는데, 그녀의 안색이 창백하여 친구가 이유를 물었다. 그녀는 지금까지의 일을 전부 털어놓고는, 지금 자기는 먹을 것도 없으며 노예로 팔려 있는 몸이라고 말했다. 그러자 친절한 친구는 가엾은 생각이 들어 약간의 먹을 것을 가져다주었다. 얼마 후 소돔 마을 사람들은 이 가족이 아직 살아 있는 것을 발견하고는 누군가가 먹을 것을 갖다주었음이 분명하다고 생각했다.

조사해본 결과 바로 딸의 친구가 먹을 것을 갖다주고 있었다는 사실이 밝혀졌다. 마침내 그녀는 붙잡혀 재판에 붙여져 사형 선고를 받게 되었다. 그녀의 발가벗겨진 몸에 벌

꿀이 발라지고, 두 개의 벌집이 매달려 있는 나무 사이에 묶였다. 인정사정없는 벌들이 몸에 독침을 쏘아대는 바람에 그녀는 몸부림치다가 결국 죽고 말았다. 그때 하나님은 지상에서 들려오는 여자의 비명이 너무나 처절하게 울려 퍼지므로 몸소 조사해볼 작정을 하셨다.

유태인의 해석에 따르면, 소돔과 고모라 사람들의 가장 큰 죄는 인간이 좋은 일을 하는 것을 금하고, 좋은 일을 한 자를 벌하였다는 점이다. 올바른 행동을 금지하는 사회가 가장 나쁜 사회다. 벌꿀처럼 달콤하고 자양분이 있는 것을 나쁜 수단으로 사용한 것은 이러한 상황을 상징하고 있는 셈이다.

 나의 집에는 세 개의 의자가 있다. 하나는 고독을 위한 것이고, 다른 하나는 우정을 위한 것이고, 나머지 하나는 사회를 위한 것이다.

– 헨리 데이비드 소로

가정과 사회

'이삭'이란 히브리어로 '명랑한 웃음'이란 뜻이다. 어린이는 항상 명랑하게 웃고 있어야 한다.

이삭이 태어났을 때 그의 어머니는 상당히 나이가 들어 있었으므로 다른 사람들이 혹시나 남의 자식이 아닌가 하는 오해를 하게 될까봐 모유로 길렀다. 게다가 진짜 어머니임을 나타내기 위해 이웃 아이에게도 젖을 먹였다. 그러나 그녀는 자기 자식에게 먹이기 위해 남의 자식에게는 젖을 충분히 주지 않았다.

이것은 자신이 지니고 있는 힘이나 재능은 우선 자신의 가족에게 베풀고, 그다음으로 사회에 베풀도록 가르치고 있는 것이다.

진정한 재산

유태 어머니들은 교육에 대한 열의가 대단하다. 그러나 자녀가 일정한 나이에 달했다거나 입시를 치러야 한다거나 해서 갑작스레 열의를 갖는 식이 아니므로 그다지 압박감이 없다. 교육이란 오랜 세월에 걸친 전통인 동시에 유태식 생활 양식의 하나다.

100년 전, 미국에서 최대의 갑부라고 일컬어지던 한 유태인이 맨해튼을 몽땅 사지 않겠느냐는 교섭을 받았다. 그는 빈털터리로 미국에 와 20년 동안 일해 큰 부자가 된 사람이었다. 그러나 그는 예의 권유를 정중히 거절했다. 그는 분명 자기가 거주하는 자택마저 사지 않았을 것이다.

이 에피소드는 유태인이라면 누구든 항시 이동성을 갖추

라는 신조를 지니고 있음을 시사하고 있다. 유태인들은 박해를 받은 역사가 매우 길었으므로, 만일 다급한 일이 일어났을 때는 재산을 아무리 많이 가지고 있다 해도 아무 소용이 없음을 체험을 통해 알고 있는 것이다.

게다가 오랜 세월 동안 유태인들은 유럽에서 재산을 소유하는 것이 금지되어 있었다. 유태인들 스스로도 유럽에 부동산을 가지고 있는 건 매우 어리석은 일이라고 생각했는데, 그러면 만일의 경우 피신해야 할 때 그럴 수가 없기 때문이었다. 따라서 유태인들은 조금이라도 정세가 불안한 나라에서는 절대로 부동산을 사지 않는다. 이 같은 사정으로 인해 유태인들은 지식이나 학문을 자신의 재산으로 지녀야 한다는 걸 체득해온 것이다.

 지식은 갈망의 눈이요, 영혼의 지도자가 될 수 있다.
– 윌 듀란트

처세

선행의 문을 닫는 자는 다음에는 의사를 위하여 문을 열지 않으면 안 된다.

좋은 단지를 가지고 있다면 오늘 사용하라. 내일이면 깨져버릴지도 모른다.

올바른 인간은 자신의 욕망을 통제하지만, 그렇지 못한 인간은 그것에 끌려다닌다.

타인의 자비로 살 바에야 차라리 가난하게 사는 편이 더 낫다.

이 세상에는 도가 지나치면 안 되는 것 여덟 가지가 있다. 여행과 여자와 재산, 일, 술, 수면, 약, 향료가 그것이다.

이 세상에는 지나치게 많이 사용해서는 안 되는 것 세 가지가 있다. 빵을 만들 때 넣는 이스트와 소금, 망설임이 그것이다.

한 닢의 동전이 들어 있는 단지는 요란스러운 소리를 내지만 동전이 가득 채워진 단지는 조용하다.

전당포라고는 해도 과부나 가난한 여자, 아이들의 물건을 저당 잡아서는 안 된다.

 명성을 잡으려고 뛰어다니는 사람은 명성을 붙잡을 수 없지만, 명성을 피해 달아나는 사람은 그것에 붙잡히게 된다.

결혼은 기쁨을 그 목적으로 하고, 장례식에 참석한 사람들은 마땅히 침묵을 지켜야 한다.

강의의 목적은 청취라는 걸 잊지 말고, 남을 방문할 때엔 일찍 도착해야 한다. 가르칠 때엔 오로지 집중하며, 금식의 목적은 그 돈으로 자선을 베푸는 것, 이게 맞는 도리다.

인간에게는 여섯 가지의 매우 요긴한 부분이 있다. 그중 눈, 코, 귀, 세 부분은 자신이 지배할 수 없는 부분이고, 입과 손, 발은 자신의 힘으로 움직일 수 있는 부분이다.

자신의 혀에게 '나로서는 알 수 없습니다.'라는 말을 열심히 가르쳐라.

장미꽃은 가시 틈에서 자라난다.

무보수로 처방전을 쓰는 의사의 충고는 귀담아듣지 말라.

단지를 보지 말고 그 내용물을 보라.

나무는 그 열매로 평가되고, 인간은 그가 한 일에 의해 평가된다. 막 열리기 시작한 오이를 보고는 장차 맛이 있을지 없을지 알 수 없다.

물고기가 언제나 입으로 낚시바늘을 물어 잡히게 되듯, 인간 또한 입이 문제다.

행동은 말보다도 소리가 크다. 남이 자기를 칭찬하게는 해도 자기 입으로 스스로를 칭찬하지는 말라.

높은 사람이 아랫사람의 이야기를 들어주고, 노인이 청년의 이야기에 귀 기울이는 세상은 마땅히 축복받을 곳이다.

두려움과 분노, 아이와 악처가 인간의 노화를 재촉하는 네 가지 원인이다. 좋은 음식, 고요한 풍경, 은은한 향기는 인간의 마음을 평온히 가라앉힌다.

좋은 가정, 좋은 아내, 좋은 옷, 이 세 가지는 남자에게 자신감을 갖게 한다.

제아무리 엄청난 부자라도 자선을 베풀지 않는 인간은 진수성찬이 차려진 식탁 위에 소금이 놓여 있지 않은 것과 같은 꼴이다.

자선에 대한 태도는 다음 네 가지 유형으로 분류해볼 수 있다. 첫째, 질투심이 많은 유형은 스스로 나서서 물건이나 돈을 내놓지만 다른 사람이 내놓는 것은 싫어한다.

둘째, 스스로를 비하하고 있는 유형은 남이 행하는 자선은 당연하게 생각하지만 자신은 자선 따위를 베풀고 싶어 하지 않는다.

셋째, 매우 선량한 유형은 자기도 흔쾌히 자선을 베풀고 다른 사람 역시 그러기를 바란다.

넷째, 악인이라 할 만한 유형은 자기도 자선 베풀기를 싫어하고 남이 베푸는 것도 극히 싫어한다.

촛불 한 자루로 여러 자루의 초에 불을 붙인다 해도 애초의 촛불 빛은 흐려지지 않는다.

가난한 사람이 물건을 주워 그것을 주인에게 되돌려주는 것과, 부자가 수입 가운데 10분의 1을 떼어 남몰래 가난한 사람에게 주는 것, 도시에 살고 있는 독신자로 아무런 죄도 짓지 않는 것, 이 세 가지야말로 하나님에게 칭찬받을 일이다.

식사할 수 있는 내 집이 없고, 언제나 아내 엉덩이 아래 깔려 있으며, 늘 이곳저곳이 아프다고 호소하며 지내는 남자는 목숨은 붙어 있으나 존재 가치가 없는 사람이다.

평생에 단 한 번 고기 요리를 실컷 먹고 나머지 날에는 굶주리며 지내기보다는 평생 동안 양파만 먹고 지내는 편이 낫다.

자기 보존은 모든 것에 우선하지만 살인을 했을 때와 불륜한 성관계를 맺었을 때, 근친상간했을 때, 이 세 가지 경우에는 생명을 버리는 편이 낫다.

과대선전, 값을 올릴 목적으로 매점매석하는 것, 계량을 속이는 것, 이 세 가지가 상인이 해서는 안 될 일이다.

달콤한 과일에는 그만큼 벌레가 많이 붙고, 재산이 많으면 걱정 또한 많다. 여자가 많으면 잔소리가 많고, 하녀가 많으면 풍기가 문란해지며, 하인이 많으면 집안 기물을 많이 도둑맞는다.

스승보다 깊이 배우면 인생은 보다 풍요로
워지고, 오랜 시간을 명상으로 보내면 보다 지
혜가 늘고, 사람들을 만나 유익한 말을 들으면 좋은 길이
열리고, 많은 자선을 베풀면 평온이 찾아온다.

남들이 모두 옷을 입고 있을 때에는 벌거벗지 말고, 남들
이 모두 벌거벗고 있을 때에는 옷을 입지 말라. 남들이 모
두 앉아 있을 때에는 일어서 있지 말며, 남들이 모두 서 있
을 때에는 앉아 있지 말라. 남들이 모두 웃고 있을 때에는
울지 말고, 남들이 모두 울고 있을 때에는 웃지 말라.

신중한 질문은 지혜의 반이다.

– 베이컨

유태인의
성인식

유태인의 자녀 교육에서 매우 중시되는 것이 성인식이다. 그만큼 특별하고 지혜롭기 때문이다. 유태인은 남자는 13세, 여자는 12세에 성인식을 치른다. 여자의 발달 속도가 더 빠르다고 생각해서다.

중2병이니 하며 사춘기를 잘못 해석하거나 그저 아이들을 사교육의 희생양으로 내모는 한국의 경우와는 많이 다르다고 할 수 있다. 유태인은 성인식이라는 통과의례를 통해 우리나라로 치면 초등학교 5, 6학년의 아이가 앞으로의 인생에서 스스로를 책임지도록 인도하는 것이다. 이것은 유태인들이, 사람은 13세부터 지각 있는 판단을 할 수 있다고 인식하는 데서 비롯된 것이다.

사실 유태인이 거행하는 성인식의 근본적인 의미는 자녀가 하나님과 직접적인 관계를 맺도록 하는 것이다. 그동안은 부모가 하나님과 자녀 사이에서 아이를 이끄는 역할을 해왔고 아이의 잘못에 대해 부모에게 그 책임을 물었다면, 이제는 청소년인 자녀가 하나님과 일대일로 직접 계약을 맺은 것으로 보아 신중하며 성숙한 선택을 하며 인생을 살도록 하는 것이다. 성인식에서 소년, 소녀는 성경을 공부할 것, 그리고 성경의 가르침에 따라 살아갈 것을 선서한다. 본격적으로 자의식을 가지게 되는 나이에 인생의 살아갈 길을 제시받는 것이다.

성인식 날, 부모와 하객은 세 가지 선물을 한다. 성경책과 손목시계, 축의금이 그것이다.

성경은 앞에서 말했듯이 이제 하나님과 직접적인 관계를 맺게 된 자로서 성경을 공부하고 성경 말씀에 순종해야 하기 때문에 선물해주는 것이다. 이는 결국 하나님 앞에서 자신의 삶에 대해 부끄럽지 않은 사람이 되기 위함이다.

시계를 선물하는 까닭은 늘 시간을 의식하며 살라는 것이다. 화살과도 같이 지나가는 시간의 소중함을 마음 깊이 인식하고 자신에게든 타인에게든 시간 약속을 잘 지키라는 뜻으로 시계를 선물한다.

축의금은 나중에 경제적으로 독립할 때 종잣돈으로 쓰라고 주는 것이다. 축의금은 부모가 취하지 않고 한 푼도 빠짐없이 아이의 예금통장에 넣어두고, 아이가 부모의 품을 떠나는 18세까지 예금한 돈이 불어나도록 그대로 놔둔다. 이를 통해 자연스럽게 저축과 절약에 대한 교육을 받게 된다. 참고로 탈무드에 따르면 13세는 성경 말씀에 따라 살아가기 시작하는 나이이고, 18세는 결혼 적령기이며, 20세는 스스로 경제적인 책임을 지는 나이이다.

성인식은 행사를 치르는 자녀에게만 의미 있는 것이 아니다. 부모는 자녀를 독립적인 한 인간으로 인정하고, 자녀가 지금까지 잘 성장해온 것에 감사하는 시간으로 삼게 된다. 부모로서 자녀의 모든 것을 책임져온 것에 대한 해방감도 만끽한다. 성인식을 맞은 당사자는 성인으로서 공식적으로 인정받은 이날의 감격을 평생 동안 마음속에 간직한 채로 살아간다고 한다.

부모는 성인식을 치른 자녀에게 개인적인 선물을 하는데, 가장 많이 해주는 선물은 여행이다. 유태인은 여행이 삶에 큰 배움이 된다고 여기기 때문이다.

물론 성인식은 시작에 불과하다. 성인식을 치르고 나서 1년이 매우 중요하다. 성인식을 마친 소년, 소녀는 이 1년 동안 성인으로서 훈련을 받게 된다. 예를 들면 사회봉사 훈련 같은 것이다. 병원이나 양로원을 방문하여 환자나 노약자를 위로한다. 교도소 방문도 권장 사항이다. 또 사회봉사 단체에서 자원봉사자로 일해야 한다. 도서관 장서를 정리하는 일도 권장되는 봉사 가운데 하나이다. 이밖에도 무상으로 어린이들에게 히브리어나 거주 지역의 언어를 가르쳐주도록 권장된다. 이렇게 사회봉사를 하면서 사회를 직접 경험하고 사회의 일원으로서 사회를 섬기는 학습을 몸소 하게 된다.

성인식 후 1년 동안에는 또한 유태 문학작품을 많이 읽도록 권장한다. 안네 프랑크의 〈안네의 일기〉 같은 책이 필독 도서로 꼽힌다.

이처럼 유태인의 성인식은 한마디로 전인적 교육의 출발점이라 볼 수 있다. 개인적으로뿐만 아니라 사회적으로 책임의식을 가지고 경험과 학습을 하도록 적극 권장되는 것이다. 이 과정에서 소년, 소녀는 주체적이면서도 공동체에 유익을 주는 성숙한 어른으로 거듭나는 기회를 많이 얻게 된다. 가정과 사회에서 소년, 소녀의 독립성을 인정하고 성인으로 성장하는 과정을 함께 지켜보고 이끌어주는 것만으로도 큰 효과를 발휘한다. 자녀의 성장을 위한 이러한 가정 안

팖의 적극적인 동기 부여가 유태인이 세계를 주도하는 데 결정적 요소로 작용한다고 볼 수 있을 것이다.

이러한 큰 의미와 효과를 지니는 유태인의 성인식을 한국 문화에 맞게 적용하는 것도 중요하게 고려해볼 일이다. 안타깝게도 입시 및 학벌 지상주의인 한국은 부모든 자녀든 대학 입시를 인생의 최고 분기점처럼 삼는데, 그렇다 보니 국영수 등의 성적 올리기나 명문대 및 인서울 대학 입학에만 골몰하여 인생에 대한 교육, 인성에 대한 교육을 등한시하는 경향이 짙다. 적어도 부모들이라도 교육에 대한 관점을 바꾸어 자녀가 사춘기가 될 때는 육체적 변화가 일어나는 데 그치는 것이 아니라 개인으로서 그리고 가정 및 사회 구성원으로서 주체성과 도덕관을 가지고 자신의 인생, 자신의 행동에 스스로 책임을 지도록 교육해야 할 것이다.

2장

생각의
나무

세상에서 가장 어리석은 사람은

물거품처럼 사라질 헛된 욕심을 꿈꾸는 사람이다.

가장 사람다운 삶을 사는 방법을

탈무드의 생각에서 만나본다.

술의 기원

포도씨를 심고 있는 이 세상 최초의 인간 앞에 악마가 불쑥 나타나 무엇을 하고 있느냐고 물었다. 인간은 아주 훌륭한 식물을 심고 있다고 대답했다. 그러자 악마는 "이런 식물은 처음 본다."고 말했다. 인간은 다시 "이 식물에선 달고 맛있는 열매가 열리는데, 그 열매의 즙을 마시면 매우 행복해진다." 하고 설명했다. 그렇다면 자기도 같이 마시게 해달라고 부탁한 악마는 양과 사자와 돼지와 원숭이를 끌고 와 그 짐승들을 죽인 다음 피를 비료로 뿌렸다. 이렇게 해서 만들어진 것이 포도주다.

최초로 마시기 시작했을 때에는 양처럼 온순하다가, 조금 더 마시면 사자처럼 광폭해지고, 거기서 더 마시면 돼지처럼 지저분해지며, 도를 넘어 마시면 우스꽝스러운 원숭이처럼 춤추며 노래를 부르기 시작한다. 이것은 사람의 품행에 대한 악마의 선물이다.

 술을 그만 마시려면 맨 처음 술을 마시게 만든 자신의 인격과 맞서 싸워야 한다.

– 지미 브레슬린

처형

갓난아기를 죽였다는 이유로 재판에 회부된 어떤 닭이 있었다. 작은 요람 속에 누워 있던 갓난아기의 머리를 닭이 콕콕 쪼아 아기가 죽고 말았던 것이다. 증인들이 불려 나가서 증언을 했고, 가엾게도 닭은 유죄 판결을 받아 사형에 처해졌다. 이 이야기는 비록 닭이라 하더라도 살인 행위가 공정한 심의에 의해 유죄로 인정되지 않는 한 처형할 수 없다는 교훈을 담고 있다.

 우리가 정의를 지키지 않는다면 정의 또한 우리를 지켜주지 않을 것이다.

– 프란시스 베이컨

105

어떤 유서

예루살렘으로부터 멀리 떨어진 고장에 살고 있는 한 지혜로운 유태인이 아들을 예루살렘에 있는 학교에 입학시켰다. 아들이 학교에서 공부를 하고 있는 사이 병을 얻어 자리에 눕게 된 아버지는 아무래도 아들을 만나지 못하고 죽게 되리란 예감에 유서를 작성키로 마음먹었다. 재산 전부를 한 노예에게 물려주되, 그 가운데서 아들이 갖고자 하는 것 단 한 가지만은 아들에게 준다는 내용이었다.

마침내 *그*가 죽자 노예는 자신에게 다가온 행운을 기뻐하며 예루살렘에 있는 아들에게로 달려가 아버지의 죽음을 알리고는 유서를 보여주었다. 아들은 몹시 놀라고 슬퍼하였다.

장례식을 끝마친 다음 아들은 어찌해야 좋을지 골똘히 생각하다가 랍비를 찾아가 불만스럽게 자초지종을 이야기 했다.

"아버지께선 무엇 때문에 제게 재산을 물려주지 않았을까요? 아버지의 노여움을 살 만한 짓이라곤 단 한 번도 저지른 적이 없는데요."

"천만에! 너의 아버지는 너를 가슴속 깊이 사랑한 매우 지혜로운 분이셨다. 이 유서를 읽어보면 그런 사실을 분명하게 알 수 있지 않느냐?"

랍비는 계속해서 말했다.

"네가 아버지같이 지혜로운 생각을 가지고 아버지께서 진정 바란 것이 어떤 것이었는가를 되짚어본다면 너에게 모든 재산을 물려준 것이란 사실을 깨닫게 될 것이다."

당신이 그 아들이라면 이 유서에서 어떤 사실을 발견해낼 것인가?

"아버지는 네가 없을 때 자신이 죽으면 노예가 재산을 가지고 달아나거나, 탕진해버리거나, 네게 자신이 죽었다는 사실조차 숨겨버릴지도 모른다는 생각에 전 재산을 노예에게 준 것이다. 그 재산을 물려받은 노예는 좋아서 재빨리 너를 찾아갈 것이고, 재산 역시 소중하게 간직할 것으로 여긴 것이지."

"그것이 제게 어떤 이득이 된단 말입니까?"

"너는 역시 지혜롭지가 못하구나. 노예의 재산은 전부 주인에게 속해 있다는 걸 모르는가? 너의 아버지께서는 한 가지만은 너에게 준다고 유서에 밝혀놓으셨지. 너는 전 재산을 물려받은 그 노예 한 사람만 택하면 되는 것이다. 어떤가? 이 유서의 내용이야말로 아버지의 사랑이 담긴 지혜로운 생각이 아니겠는가!"

아들은 뒤늦게나마 깨우쳐 랍비의 조언에 따랐고, 훗날 노예를 자유롭게 풀어주었다. 그러고는 입버릇처럼 노인의 지혜는 따라가기가 어렵다고 되뇌곤 했다.

 현명한 자의 지혜와 노인의 경험은 아마도 인용문으로 보존될 것이다.
– 벤자민 디즈레일리

지도자

한 마리 뱀이 있었다. 항상 머리에 의해 끌려 다니기만 하던 꼬리가 어느 날 도전적으로 불평을 털어놓았다.

"왜 나는 항상 너의 뒤에 붙어 맹목적으로 끌려 다녀야만 하지? 왜 네가 나를 대신해 의견을 말하고 방향을 결정하는 거냐? 이건 공평치가 않아. 나도 뱀의 일부분인데 언제나 노예처럼 달라붙어 끌려 다니기만 한다는 건 말이 안 돼."

머리가 반론을 제시했다.

"아니, 그걸 말이라고 하는 거냐? 너한테는 앞을 살펴볼 눈도 없고, 위험을 감지할 귀도 없고, 행동을 결정지을 생각도 없다. 나는 오직 나만을 위해 이러는 것이 아니라 너를 염려해서 늘 너를 이끌고 있는 거란다."

그러자 꼬리는 크게 소리 내어 비웃었다.

　"그런 따위의 말이라면 귀가 따갑도록 들었다. 독재자나 압제자들은 모두 자기를 따르는 이들을 위해서라는 명목하에 모든 걸 멋대로 주무르고 있는 거야."

　"그럼 내가 하는 일들을 네가 맡아서 해봐."

　머리가 그렇게 말하자 꼬리는 좋아하며 앞서서 움직여 나가기 시작했으나 이내 웅덩이에 빠져버리고 말았다. 하는 수 없이 머리가 이리저리 생각하고 고생한 덕분에 간신히 웅덩이에서 기어 나올 수 있었다.

　얼마를 더 기어가던 꼬리는 가시덤불 속으로 들어서게 되었다. 꼬리가 버둥거릴수록 더욱 가시덤불 속에 갇히게 되어 마침내는 움직일 수조차 없게 되었지만, 이번에도 머리의 도움으로 간신히 많은 상처를 입은 채 빠져 나올 수 있었다.

　다시 앞장서 가던 꼬리가 들어서게 된 곳은 활활 타오르는 불꽃 한가운데였다. 차츰 전신이 뜨거워지고 갑자기 주위가 컴컴해지자 뱀은 무서워서 떨기 시작했다. 다급해진 머리가 최선을 다해서 달아나려고 시도했지만 이미 때는 늦었다. 맹목적인 꼬리 때문에 결국 머리까지 파멸하고 만 것이다.

지도자를 선출할 때는 이처럼 꼬리가 아닌, 머리 같은 사람을 뽑아야 한다.

 귀가 얇은 지도자를 존경하기란 어려운 일이다.

– 제임스 H. 보렌

세 가지의 슬기로운 판단

예루살렘에 사는 어떤 사람이 긴 여행 끝에 병을 얻어 눕게 되었다. 아무래도 살아날 수 없겠다고 생각한 그는 숙소 주인을 불러 이렇게 부탁했다.

"난 곧 죽을 것 같소. 내가 죽은 뒤에 예루살렘에서 누가 찾아오거든 나의 소지품을 전해주시오. 단, 슬기로운 판단세 가지를 하지 않으면 절대로 내주지 마시오. 왜냐하면 내아들에게, 만약 내가 여행 중에 죽게 되면 내 유산을 상속받되 세 가지 슬기로운 판단을 하지 않으면 안 된다는 유언을 미리 하고 왔기 때문이오."

그 남자가 죽자, 숙소 주인은 유태 의례에 따라 매장함과 동시에 마을 사람들에게 그의 죽음을 알리고 예루살렘에도 사람을 보내어 기별했다.

예루살렘에서 부음을 접한 아들은 아버지가 죽은 마을 어귀에 이르렀다. 하지만 그는 아버지가 묵었던 집을 알지 못했다. 아버지가 아들에게 알리지 말라고 유언했기 때문이다. 그러므로 아들은 스스로 그 집을 찾지 않으면 안 되었다.

고심하던 아들의 눈에 장작 장수가 장작을 한 짐 지고 지나가는 게 보였다. 아들은 그를 불러 세워 장작을 산 다음 예루살렘에서 온 여행객이 죽은 집으로 그 장작을 가져가라고 이른 후 장작 장수 뒤를 따라갔다.

숙소 주인이 장작을 주문한 적이 없다고 말하자 장작 장수는 "그게 아니고 지금 내 뒤에 오는 청년이 이 장작을 사서 여기 갖다 주라고 했습니다."라고 말했다. 이것은 첫 번째 슬기로운 판단이었다.

숙소 주인은 기꺼이 그를 맞아들여 저녁을 차려주었다. 식탁에는 비둘기 다섯 마리와 닭 한 마리가 요리되어 나왔다. 그 청년 외에 집주인과 그의 아내, 두 아들과 두 딸 등 모두 일곱 명이 식탁에 둘러앉았다. 집주인은 이 요리들을 모두에게 나누어주라고 청년에게 말했다. 그러자 그는 "아닙니다. 주인인 당신께서 나누는 것이 좋겠군요." 하고 대

113

답했다. 그러나 주인은 "당신이 손님이니 당신 하고 싶은 대로 하시오."라고 말했다.

이에 청년은 요리를 나누기 시작하여, 먼저 한 마리의 비둘기를 두 아들에게 주었다. 딸들에게도 한 마리의 비둘기를 주고, 또 한 마리는 주인 부부에게 주었으며, 자신은 두 마리의 비둘기를 차지했다. 이것은 그의 두 번째 슬기로운 판단이었다.

이것을 보고 집주인은 매우 언짢은 표정을 지었으나 아무 말도 하지 않았다. 다음에 그는 닭 요리를 나누었다. 먼저 머리 부분을 부부에게 주고, 두 아들에게는 다리를 한 쪽씩 주었다. 두 딸에게는 양 날개를 나누어주고, 나머지 몸통 전체를 자기가 가졌다. 이것이 세 번째 슬기로운 판단이었다.

집주인은 마침내 화가 잔뜩 나서 소리쳤다.

"당신네 고장에서는 이렇게 합니까? 당신이 비둘기를 나누어줄 때만 해도 잠자코 있으려 했지만 더 이상 참을 수가 없소. 대체 이게 무슨 경우요?"

그러자 청년이 설명했다.

"나는 음식 나누는 일을 맡고 싶지 않았습니다만, 당신이 부탁하기에 최선을 다했던 것입니다. 당신과 부인과 비둘기를 합쳐 셋, 두 아들과 비둘기를 합쳐 셋, 딸 둘과 비둘기 한

마리로 셋, 그리고 비둘기 두 마리와 나를 합치면 각기 셋이
되니, 이것은 대단히 공평한 것입니다. 또 당신은 이 집에서
제일 높은 가장이니 닭의 머리를 드린 것이고, 당신의 아들
둘은 이 집의 기둥이니 다리 두 개를 주었습니다. 딸들에게
날개를 준 것은 이제 곧 나이가 차서 남의 집으로 출가해버
릴 것이므로 그렇게 한 겁니다. 그리고 나는 '배'를 타고 여
기에 왔고, 또 돌아갈 터이므로 '배'가 있는 몸통을 가진 것
입니다. 자, 어서 아버님 유산을 주십시오."

육체와 영혼

어느 왕이 오차라는 맛있는 열매가 열리는 과일 나무를 가지고 있었다. 왕은 그 열매를 지키기 위해 경비원 두 명을 고용했다. 한 사람은 맹인이었고, 또 한 사람은 절름발이였다. 그런데 그들 둘은 합심하여 오차 열매를 훔치자고 모의했다. 맹인은 절름발이를 목마 태워 지시하는 방향으로 움직여 가서 마음껏 맛있는 과일을 훔쳤다.

진노한 왕이 두 사람을 다그쳤다. 그러자 맹인은 "저는 앞을 보지 못하므로 훔칠래야 훔칠 수가 없습니다." 하고 말했고, 절름발이는 "저는 저토록 높은 곳에 오를 수가 없습니다." 하고 말했다. 왕은 분명 그럴싸한 말이라고 여겼으나 두 사람의 말을 믿지는 않았다.

어떤 일에든 둘의 힘은 하나의 힘이 가해질 때보다 훨씬 강하다. 인간은 육체와 영혼 중 한 가지만으로는 아무것도 할 수 없다. 육체와 영혼이 합치되어야만 좋은 일이든 나쁜 일이든 할 수가 있는 것이다.

 우리의 몸은 우리가 머무르는 곳이고, 우리의 영혼은 우리가 무엇이냐 하는 것이다.

– 세실 박스터

분실물

   로마를 방문한 한 랍비가 다음과 같은 포고문을 보게 되었다.

   '왕비께서 고가의 장식품을 잃어버리셨다. 30일 이내에 그것을 찾아가지고 오는 사람에게는 후한 상금을 줄 것이나 30일이 지난 후 그것을 가지고 있는 자가 발견된다면 사형에 처해질 것이다.'

   우연히 그 장식품을 발견하게 된 랍비는 31일째가 되는 날에야 비로소 그 장식품을 들고 궁전으로 들어가 왕비 앞에 내놓았다. 그러자 왕비는, 당신은 30일 전 포고문이 나붙었을 때 이곳에 있었느냐고 랍비에게 물었다. 랍비는 그렇다고 대답했다. 왕비가 또다시, 30일이 지난 뒤에 그 장식품을 가지고 오면 어떤 일을 당해야 하는지도 알고 있느냐고 묻자 그는 알고 있다고 대답했다. 왕비는 다시 물었다.

"만일 이 장식품을 어제 돌려주었더라면 후한 상금을 받았을 텐데, 왜 당신은 30일이 지날 때까지 이것을 그대로 갖고 있었지요? 당신은 생명이 소중하지 않습니까?"

"만일 누군가가 30일 안에 장식품을 돌려주었다면 사람들은 왕비인 당신이 두려웠거나 당신에게 경의를 표하기 위해 돌려준 것이라고 할 것입니다. 내가 30일이 지난 오늘에야 비로소 이 장식품을 돌려주기 위해 찾아온 이유는, 진실로 두려워해야 할 대상은 결코 왕비님이 아니라 하나님이라는 사실을 사람들에게 깨우쳐주기 위함입니다."

랍비의 말에 감동한 왕비는, 그처럼 훌륭한 하나님을 모시고 있는 당신에게 깊은 경의를 표한다고 말했다.

 악마는 우리를 유혹하지 않는다. 그를 유혹하는 것은 우리들이다.

– 엘리엇

무언극

로마의 황제가 자신과 생일이 같은 이스라엘 최고의 랍비와 친교를 맺고 있었다. 양국 관계가 그다지 좋지 않을 때에도 두 사람은 변치 않는 친분을 유지했다. 하지만 양국 관계를 고려해볼 때 황제가 랍비와 친하게 지내기엔 어려운 점이 많았다. 그래서 황제는 랍비와 무엇인가를 의논하고 싶을 때마다 사신을 보내 우회적인 방법으로 넌지시 의견을 물어보고는 했다.

어느 날 황제는 랍비에게 사신을 보내어 "내겐 이루고 싶은 일이 두 가지 있다. 한 가지는 내가 죽은 다음 내 아들이 뒤를 이어 황제에 즉위하는 것이고, 또 하나는 이스라엘의 비레이라스라는 곳을 자유 관세 도시로 만드는 것이다. 난 지금 그 두 가지 중 한 가지밖에 이룰 수 없는 처지에 놓여 있는데, 어떻게 하면 두 가지 모두를 성취할 수 있겠는가?" 하고 물었다. 랍비 역시 황제의 질문에 답을 보내줄 수가 없었다. 양국 관계가 매우 껄끄러운 상태였기 때문에 로마 황제의 질문에 랍비가 묘안을 일러준 사실이 밝혀지면 국민들에게 큰 영향을 끼칠 우려가 있었던 것이다.

사신이 돌아오자 황제는 "내 이야기를 전했을 때 랍비가 어떤 행동을 취하더냐?" 하고 물었다. 그러자 사신은, 랍비가 아들을 목마를 태우고 비둘기를 아들에게 주자 아들이 그 비둘기를 하늘로 날려 보냈으며 말이라곤 단 한 마디도 하지 않더라고 보고했다.

황제는 랍비가 무언중에 보인 행동의 의미를 깨달을 수 있었다. 우선 왕위를 아들에게 물려 준 다음 아들로 하여금 관세를 자유화하도록 하면 된다는 뜻이었다.

얼마 뒤 다시 황제로부터 "우리 정부의 관리들이 내 마음을 괴롭히고 있다. 어떻게 대응해야 하겠는가?" 하는 문의가 있었다. 랍비는 또 먼저와 같은 무언극으로, 정원에 딸린 채소밭에 나가 채소 한 포기를 뽑아 들고 왔다. 몇 분이 지난 뒤 다시 밭에 나가더니 아까처럼 채소 한 포기를 뽑아왔다. 그러고는 조금 뒤에 같은 일을 반복했다. 그것으로 끝이었다. 로마 황제는 랍비의 그와 같은 행동 속에는 일시에 적을 물리치려 하지 말고 몇 차례로 나누어 하나하나 제거해 나가라는 의미가 담겨 있다는 것을 곧 알아챘다.

인간의 생각은 말이나 글에 의지하지 않고서도 얼마든지 전달될 수 있는 것이다.

 내가 무슨 말을 했느냐가 중요한 게 아니라 상대방이 무슨 말을 들었느냐가 중요하다.

– 피터 드러커

결론

〈탈무드〉에는 자그마치 4개월, 6개월, 7년이라는 기나긴 시간 동안 여러 사람이 여러 가지 것에 대해 문제를 제시한 이야기가 많이 나와 있다. 그 가운데는 결론이 나지 않은 것도 있는데, 그런 것에는 맨 끝에 "알 수 없다."라고 기록되어 있다. 이 이야기 속에는 알지 못한다고 말하는 편이 정당하다는 교훈이 담겨 있다.

또한 〈탈무드〉 가운데는 갖가지 결론이 내려진 이야기가 많은데, 거기에는 반드시 소수의 의견도 부연되어 있다. 소수의 의견은 기록해두지 않으면 사라져버리기 때문이다.

교사

아주 위대한 랍비가 두 명의 감찰관을 북쪽 마을에 파견했다. 목적지에 당도한 감찰관들이 잠시 조사할 일이 있어 이 마을을 지키고 있는 사람을 만나려 한다고 하자, 북쪽 마을에서 제일 높은 경찰관이 나왔다. 그러자 감찰관들은 "아닙니다. 우리는 마을을 지키는 사람을 만나고자 합니다."라고 말했다. 그러자 수비 대장이 찾아왔다.

두 명의 감찰관은 입을 모아 말했다.

"우리가 만나고 싶은 사람은 경찰 서장도, 수비 대장도 아닌 바로 학교 교사입니다. 경찰이나 군대는 마을을 파괴하지만 교사는 진정으로 마을을 지키는 사람입니다."

삶은 경이롭다. 교사는 그러한 삶을 살 수 있게 하는 매개체 역할을 한다.

– 에드워드 브린센

공로자

어느 나라의 왕이 매우 희귀한 병에 걸렸다. 암사자의 젖을 구해 마시면 좋다고 의사가 말했지만, 문제는 어떤 방법으로 암사자의 젖을 구하느냐 하는 것이었다. 그 말을 전해들은 명석한 두뇌를 지닌 한 남자가 암사자가 살고 있는 동굴 근방에 가서 새끼사자들을 귀여워해 주며 한 마리씩 암사자에게 건네주곤 했다. 열흘째 그렇게 하자 그는 암사자와 아주 친해져 국왕의 병에 약으로 쓸 젖을 조금 얻을 수 있었다.

궁전으로 돌아오고 있을 때 그 남자는 자기 신체의 각 부분이 서로 다투고 있는 백일몽을 꾸게 되었다. 그것은 신체중 어떤 부분이 제일 소중한가를 겨루는 꿈이었다. 발은 만일 자기가 아니었더라면 암사자가 있는 장소까지 갈 수 없었을 것이라고 주장했고, 눈은 볼 수 없다면 아무것도 하지 못했을 것이라고 주장했으며, 심장은 자신이 없다면 도저히 이곳까지 올 수 없었을 것이라고 했다. 그때 느닷없이 혀가 나서서 말했다.

"만약 말을 못했다면 너희는 그 어떤 역할도 하지 못했을 거야."

그러자 신체의 각 부분이 제각기 "건방진 얘기는 집어치워! 뼈도 없고 아무 값어치도 없는 조그만 부분인 주제에!" 하고 몰아세우며 혀를 침묵시켰다.

남자가 궁전에 당도했을 때 그 혀가 불쑥 말했다.

"좋아, 이제 내가 과연 누가 가장 소중한지를 너희에게 가르쳐주겠다."

왕이 남자에게 "이게 무슨 젖이냐?" 하고 물었다. 그러자 남자는 갑자기 "이것은 개의 젖입니다!" 하고 외쳤다. 방금 전에 제각기 나서서 자기의 소중함을 주장하던 신체 각 부분들은 비로소 혀가 참으로 큰 힘을 지녔다는 사실을 깨닫고 모두 용서를 빌었다. 그러자 혀는 비로소 "아닙니다. 좀 전에는 제가 잘못 얘기했던 것이고, 이건 틀림없는 암사자의 젖입니다." 하고 바로잡았다.

중요한 부분일수록 자제력을 상실하면 엄청난 일을 저지르고 마는 것이다.

한 마디 말로도 인간은 현명한 것으로 간주된다. 한 마디 말로도 인간은 멍청한 것으로 간주된다. 우리는 실로 우리가 하는 말에 주의해야 한다.

– 공자

말로 되찾은 지갑

한 마을에 들어온 장사꾼이 며칠 뒤 그곳에서 바겐세일이 있다는 사실을 알고 그때까지 기다렸다가 물건을 사기로 작정했다. 하지만 많은 현금을 가지고 온 그는 그것을 지니고 있어야 하는 것이 매우 염려스러웠다. 그래서 한적한 장소를 물색해 자기가 지니고 있던 현금을 모조리 그곳에 묻어두었다. 그러나 이튿날 다시 그 장소에 가봤더니 돈이 모두 사라지고 없었다. 아무리 생각을 거듭해봐도 어떻게 해서 돈이 없어졌는지 알아낼 길이 없었다. 자기가 돈을 파묻는 것을 본 사람이 아무도 없었기 때문이다.

마침내 그는 그곳에서 멀리 떨어진 장소에 집이 한 채 있고, 그 집의 담에 구멍이 뚫려 있다는 사실을 알게 되었다.

그는 그 집에 살고 있는 사람이 그 구멍으로 돈을 파묻는 광경을 훔쳐보고 있다가 나중에 파내어 간 것이 분명하다고 생각했다.

장사꾼은 그 집을 방문해 그곳에 살고 있는 남자를 만나 다음과 같이 말했다.

"당신은 도시에 살고 있으니 대단히 비상한 두뇌를 지녔겠지요. 난 지금 당신의 그 지혜를 빌리고 싶어서 이렇게 찾아왔습니다. 사실 나는 지갑 두 개를 가지고 이 마을로 물건을 사러 왔답니다. 지갑 하나에는 5백 개의 은화를 넣었고, 나머지 하나에는 8백 개의 은화를 넣었지요. 나는 그중 작은 지갑을 아무도 모르는 어떤 장소에 묻어두었어요. 그런데 나머지 큰 지갑까지 묻어두는 게 좋을까요?"

그러자 남자는 "내가 만일 당신 입장이라면 그 누구도 믿지 않고 차라리 작은 지갑을 묻었던 것과 동일한 장소에 큰 지갑마저 묻어두겠소."라고 대답했다.

장사꾼이 집을 떠나자 욕심꾸러기 남자는 자기가 훔쳐왔던 작은 지갑을 전에 묻혀 있던 장소로 가져가 다시 묻어놓았다. 그 광경을 지켜보고 있던 장사꾼은 자기 지갑을 무사히 되찾았다.

솔로몬의 재판

안식일에 예루살렘에 간 세 사람은 각자 지니고 있던 돈을 같이 땅에 파묻었다. 그 당시에는 돈을 맡겨둘 은행 같은 곳이 없었기 때문이다. 그런데 그 셋 중 한 사람이 몰래 그 장소로 되돌아가서 돈을 꺼내가 버렸다.

다음 날 세 사람은 현명하기로 유명한 솔로몬 왕을 찾아가서 셋 중에 누가 돈을 훔쳐갔는지 판결을 내려달라고 부탁했다. 이에 솔로몬 왕은 "당신들 세 사람은 매우 지혜로운 사람들이니, 내가 현재 해결하지 못하고 있는 재판 문제를 먼저 도와주시오. 당신들의 문제는 그 후에 내가 해결하리다." 하고 말했다.

어떤 청년과 결혼을 언약한 아가씨가 있었다. 얼마 뒤 그

아가씨는 다른 청년과 사랑에 빠지고 말았다. 그래서 약혼자를 찾아간 그 아가씨는 위자료를 요구해도 좋으니 파혼에 동의해달라고 말했다. 그러자 약혼자는 위자료 따위는 받지 않겠다면서 그녀와의 약혼을 취소해주었다. 부자였던 그 아가씨는 어느 날 한 노인에게 납치를 당했다.

'내가 결혼을 언약한 약혼자에게 파혼을 요청했더니 위자료도 필요 없다면서 나의 요청대로 해주었다. 그러니 당신도 그와 같이 해야 한다.'

아가씨가 그렇게 말하자 노인은 돈도 요구하지 않고 그녀를 풀어주었다.

"이들 중에서 어떤 사람이 가장 칭찬받을 만한 사람이겠는가?" 하고 솔로몬 왕이 질문했다.

첫 번째 남자는 "약혼까지 했다가 위자료도 받지 않고 파혼에 동의해준 청년이 가장 칭찬을 받아야 합니다. 그는 위자료도 요구하지 않았고, 또한 약혼녀의 진심을 무시하면서까지 결혼하려 하지도 않았으니까요." 하고 대답했다.

두 번째 남자는 "아니지요. 정말 칭찬받아야 될 사람은 아가씨입니다. 그녀는 용기를 갖고 진정으로 사랑하는 남자와 결혼하려 했으므로 당연히 칭찬을 받아야 합니다." 하고 대답했다.

세 번째 남자는 이렇게 대답했다.

"이 이야기는 전혀 이치에 닿지 않아 저로서는 판단을 내리지 못하겠습니다. 우선 노인의 경우만 보더라도 그렇습니다. 돈 때문에 아가씨를 납치했는데 돈도 요구하지 않고 풀어주다니, 도대체 말이나 되는 소리입니까?"

그러자 솔로몬 왕이 소리쳤다.

"네가 바로 돈을 훔친 도둑이다! 두 사람은 아가씨와 약혼자 사이에 존재하고 있는 애정이나 인간관계, 그 사이의 긴장된 기분 등에 이내 신경이 쓰였는데, 네가 골몰해 있는 부분은 오로지 돈밖에는 없다. 그러므로 네가 틀림없는 범인이다."

 정의는 정직한 마음이다. 이것에 의해 사람은 자신에게 직면한 상황에서 해야 할 일을 한다.

– 토머스 아퀴나스

소유권

    소유권에 대해서 살펴보자. 만일 동물을 소유하고 있다면 그 동물의 몸에 낙인을 찍음으로써 소유권을 보장받는다. 시계 등에는 이름을 새겨 넣을 수 있고, 양복에는 재봉질로 표시를 할 수 있으며, 자동차나 집 따위는 각각 관할 관청에 등기를 함으로써 소유권이 증명된다.

    하지만 이름을 새기거나 등기하기가 어려운 것도 있는데, 그와 같은 경우에는 어떤 방법으로 소유권을 증명해야 할까?

    우선 갖가지 예를 생각해본 뒤 원칙을 세우는 것이 〈탈무드〉의 방식이다. 이런 경우, 가격이 1원에서부터 100억 원 정도까지의 물건들이 있을 수 있기 때문에 원칙을 세워 놓아야 판단을 내릴 수 있게 된다.

각각 다른 문을 통해서 극장 안으로 들어간 두 사람이 있었다. 마침 한가운데 빈 좌석 하나가 있었으므로 그 자리에 가 앉으려고 했다. 그 순간 소유권을 내세우기 어려운 물건이 그 좌석에 놓여 있었고, 동시에 그 물건을 발견한 두 사람은 서로 자기 것이라고 주장했다.

이런 경우에는 어떻게 해결해야 할까?

이 일의 해결 방법에 대해서는 〈탈무드〉에서도 의견이 분분하다. 먼저 두 사람이 똑같이 나누어 가지면 된다는 의견이 있지만, 이것을 원칙으로 삼을 수는 없다. 그 이유는, 재판소에 가서 나누어 가지게 된다면 뒤나 옆에 앉아 있던 사람들도 끼어들지 모르고, 모두가 자기 것이라는 주장을 내세우게 될지도 모르기 때문이다. 발견한 사람에게 권리가 있다는 것을 원칙으로 삼을 수도 없다.

보지 못했으면서도 뒤에 가서 보았노라고 나서는 사람에게까지 권리가 생기게 되므로 이 방식 또한 곤란한 것이다. 이때 〈탈무드〉에서는 '성서에 손을 얹고 선서하라. 양심에 비추어 자기 것이라고 생각되면 나누어 가지라.'고 하고 있지만, 이런 경우 항상 누군가가 어떤 이야기를 하면 그것에 반대되는 견해가 대두된다. 그 때문에 누군가가 선서도 소용없지 않느냐는 의견을 피력했다.

다시 말해 자기 것이라고 선서를 했음에도 절반밖에 갖지 못한다는 것은 선서를 모독하는 것이라는 얘기였다. 그렇다면 절반만 자기 것이라고 하는 방법으로 선서를 하면 되겠다고 어떤 사람이 말했다. 그러나 그와 같은 경우에도 한 사람이 100%, 다른 사람이 50%를 주장해 재판소에 가면 처음 사람은 절반을 인정받는 데 비해 50%라고 말한 나중 사람은 4분의 1밖에 인정받지 못하는 일이 생긴다.

하지만 이 의견은 어떤 쪽이든 절반만은 자기에게 권리가 있다고 선서하는 것으로 최종 결론을 맺고 있다. 그러나 획득한 것이 동전 같은 게 아닌 고양이였을 때에는 어찌 되겠는가? 그런 경우에는 고양이를 반으로 나눌 수 없으므로 두 사람이 함께 고양이를 팔아 그 돈을 나누든가, 한 사람이 고양이 값의 절반을 상대방에게 주고 고양이를 가지면 된다.

다만 고양이 같은 생물의 경우에는 일정 기간 동안 주인이 나타나기를 기다리는 등 여러 절차가 있지만, 지폐 따위는 처음부터 주인을 찾을 수 없다고 생각하여 처리한다. 돈을 길거리에서 잃어버린 뒤 누군가가 이미 주운 다음에 돌

아와서 '내가 방금 전에 돈을 잃어버려 되돌아왔다.'고 말해 봤자 그 사람이 진짜 돈을 잃어버렸는지 아닌지 증명할 수 없기 때문이다. 돈에 표시를 해놓았다 해도 그 돈을 쓰고 난 후 자기의 표시이므로 자기 것이라 우긴다면 말도 안 된다.

하지만 돈이 특별한 편지 등과 같이 있어서 그것이 자기 것임을 증명할 수 있다면 물론 사정은 달라진다. 결국 앞의 극장 일에 대한 결론은 예의 물건에 먼저 손을 댄 사람이 소유할 수 있다는 것이다. 물건을 봤다는 사실은 그 누구도 증명할 수 없지만 손을 대었다는 사실은 증명하기 쉽기 때문에 그것을 하나의 원칙으로 삼는 것이다.

 정의의 목적은 모두를 공평하게 다루는 것이다.
　　　　　　－ 키케로

중용

행군 중인 군대가 있었다. 길 오른쪽에는 눈이 내리고 얼음이 얼어 있고, 왼쪽은 불바다였다. 이 군대가 만일 오른쪽으로 간다면 얼어 죽을 것이고, 왼쪽으로 가면 불에 타 죽을 것이다. 그러나 그 한가운데는 따뜻함과 서늘함을 알맞게 누릴 수 있는 쾌적한 길이었다.

중용의 경계를 넘는 모든 것은 탄탄한 기초가 없다.
– 세네카

토지

어떤 땅을 두 명의 랍비가 사려고 했다. 첫 번째 랍비가 값을 흥정하고 있을 때, 두 번째 랍비가 와서 그 땅을 모두 사버렸다.

어떤 사람이 두 번째 랍비에게 가서 "한 남자가 과자를 사기 위해 과자 가게에 갔는데, 이미 와 있던 다른 남자가 과자의 질을 알아보고 있었습니다. 그러던 중 뒤에 온 사람이 그 과자를 몽땅 사버렸지요. 그런 경우 그 뒤에 온 사람은 어떻게 설명될까요?" 하고 물었다.

두 번째 랍비는 주저 없이 "그 나중 남자는 분명히 나쁜 사람이다."라고 대답했다.

"당신이 지금 이 토지를 매입하신 행위는 방금 이야기했던, 나중에 와서 과자를 사버린 그 두 번째 남자와 똑같은 짓입니다. 다른 랍비께서 먼저 와 이 땅의 가격을 흥정 중이었으니까요. 그런데도 이 땅을 사버린 건 괜찮은 일입니까?" 하고 그가 다시 물었다.

그러자 도대체 이 일을 어떻게 해결하면 좋겠는가 하는 문제가 제기되었다. 한 가지 해결책으로 제안된 것은, 두 번째 랍비가 첫 번째 랍비에게 그 땅을 되파는 것이었다. 그러나 두 번째 랍비는 사자마자 곧바로 다시 판다는 것은 불길한 일이기 때문에 싫다고 거절했다. 두 번째 랍비가 첫 번째 랍비에게 그 토지를 선물하면 어떨까 하는 것이 다음 해결책으로 제시되었다. 그러나 첫 번째 랍비가 절대 그 땅을 그냥 선물로 받을 수 없다고 했기 때문에 또다시 문제로 남게 되었다.

결국 두 번째 랍비는 그 토지를 학교에 기부했다.

 인생이란 느끼는 자에게는 비극이고 생각하는 자에게는 희극이다.
– 라 브뤼에르

험담

험담을 하는 것은 살인보다 위험하다. 살인은 한 사람만을 죽이나 험담은 반드시 세 명을 해치게 된다. 험담하는 장본인과 그것을 제지하지 않고 듣고 있는 사람, 그리고 험담의 대상이 된 사람이다.

험담하는 사람은 흉기를 사용해 남을 해치는 것보다 더 큰 죄를 짓는 것이다. 흉기는 가까이 다가가지 않으면 상대방을 해칠 수 없지만, 험담은 멀리 떨어져 있는 사람도 해칠수 있기 때문이다.

불타고 있는 장작에 물을 끼얹으면 속까지 젖어 들어 꺼지지만, 험담을 전해 듣고 분노에 차 있는 사람에게는 아무리 사죄한다 해도 그 마음속의 불을 꺼줄 수 없다.

제아무리 착한 사람이라 할지라도 남의 험담을 즐겨 한다면 훌륭한 궁전 옆에 위치한 지독한 악취가 나는 무두질 집과도 같다.

인간이 하나의 입과 두 개의 귀를 가지고 있는 것은 말하기보다 듣기를 배로 더하라는 뜻이다.

손가락이 자유자재로 움직이는 것은 남의 험담을 듣지 않기 위해서다. 험담이 들려오면 재빨리 두 귀를 막으라.

 비난할 거리를 찾는 것은 쉽다.
– 로버트 하프

교육

향수 가게에 들어갔다가 나오면 향수를 사지 않았다 하더라도 몸에서 향수 냄새가 풍기고, 가죽 가게에 들어갔다가 나오면 가죽을 사지 않았다 하더라도 몸에서 고약한 냄새가 풍긴다.

무기를 들고 일어선 사람이 글로 흥할 수는 없다.

자신을 아는 것이 가장 큰 지혜다.

의사의 충고를 듣기만 한다면 의사에게 돈을 지불할 필요가 없다.

값비싼 진주를 잃어버렸을 때, 그것을 찾는 데는 값싼 양초가 쓰인다.

인류에게 예지를 가져다주는 것은 가난한 집 자식이므로 그들이야말로 칭찬받아 마땅하다.

기억 증진에 더없이 좋은 약은 감복하는 것이다.

학교 없는 고장에서는 인간이 살아나갈 수 없다.

고양이에게서 겸허함을 배울 수 있고, 개미로부터 정직함을 배울 수 있으며, 비둘기로부터 정절을 배울 수가 있고, 수탉에게서는 재산 관리를 배울 수가 있다.

이름은 알려지면 곧 잊히고, 지식은 깊지 않으면 곧 잊게 된다.

아이들에게 교육을 시킨다는 것은 깨끗한 백지 위에 써 넣는 것과도 같다. 그러나 노인에게 뭔가를 가르친다는 것은 이미 글이 잔뜩 쓰여 있는 종이 위에 여백을 찾아 써넣으려는 것과 마찬가지다.

나는 나의 스승으로부터 많은 것을 배웠다. 그러나 그 이상의 것을 나의 친구로부터 배웠다. 그리고 더욱 그 이상의 것을 나의 제자로부터 배웠다.

 공부를 의무라고 생각하지 말고, 마음에 끼치는 영향력을 깨닫기 위한 배움의 기회라고 생각하라. 이는 나중에 자신이 몸담고 일하게 될 집단의 이익을 위한 것이기도 하다.

– 알버트 아인슈타인

판사

늘 선행에 앞장서고, 겸손하며, 단호히 결단을 내릴 만한 용기를 지니고, 현재까지의 생애가 결백한 사람만이 판사의 자격을 갖추었다고 할 수 있다.

사형을 언도하기 직전의 판사는 자신의 목에 칼이 꽂힌 것과 같은 마음가짐을 지녀야 한다.

판사는 항상 진실과 평화, 이 두 가지를 추구해야 한다. 하지만 진실을 추구하고자 하면 평화가 깨어지고 만다. 따라서 진실도 깨지 않고 평화도 지킬 수 있는 도리를 찾아내야 하는데, 그것을 타협이라고 한다.

물레방아

A와 B 두 사람이 있었다. A가 B에게 물레방아를 빌려주는 대신 B는 A의 곡식 전부를 무보수로 빻아주기로 계약을 했다.

그동안에 A는 부자가 되어 다른 물레방앗간 몇 채를 더 사들었다. 그래서 굳이 B에게 곡식을 빻아달라고 할 필요가 없게 되어 B를 찾아가 물레방아 사용료를 돈으로 지불해달라고 요구했다. 그러나 B는 계속 A의 곡식을 빻아주는 것으로 사용료를 지불하고 싶어했다. 이런 경우에는 어떻게 해야 좋을까?

〈탈무드〉의 판결에 따르면 다음과 같다. 만일 B가 돈으로 지불할 능력이 없다면 원래의 계약대로 A의 곡식을 빻아줌으로써 사용료를 대신해야 할 것이지만, 만일 다른 사람의 곡식을 빻아 돈으로 지불할 수 있다면 그렇게 해야 한다.

 나쁜 사람과는 좋은 거래를 할 수 없다.

– 워런 버핏

계약

어느 회사의 종업원이 고용주를 위해 일해주고 일주일 단위로 임금을 받기로 계약했는데, 현금이 아니라 근처 상점에서 임금에 해당하는 물건을 사고 상점 책임자가 그의 고용주로부터 현금을 받는다는 조건이었다.

일주일 후, 불만스러운 표정으로 고용주를 찾아온 종업원은 "상점에서 현금을 가져오지 않으면 물건을 내주지 않겠다고 하니 현금을 지급해주십시오." 하고 말했다. 그러나 잠시 뒤 상점의 책임자가 와서는 "당신네 종업원이 이러이러한 상품을 가지고 갔으니 그 값을 지불해주십시오."라고 하는 것이었다. 이럴 경우에 고용주는 대체 어떻게 해야 할까?"

우선 사실 여부를 확인해볼 필요가 있어서 충분히 조사를 해봤지만, 종업원에게도 상점 책임자에게도 아무런 증빙 자료가 없었다. 이들 두 사람은 선서를 한 뒤에도 자신들의 주장을 굽히지 않았으므로 결국 〈탈무드〉에서는 두 사람 모두에게 돈을 지불하라고 고용주에게 지시했다.

　　그 이유는 이렇다. 종업원은 상점의 청구와 직접적인 관계가 없고, 상점 책임자 역시 종업원과 직접적인 관계가 없다. 하지만 고용주는 양쪽 모두와 관계가 있으므로, 그런 관계를 맺고 있는 이상 고용주는 양쪽 모두에 책임이 있다. 따라서 양쪽 모두에게 돈을 지불해야 하는 것이다.

　　이것은 〈탈무드〉 가운데서 오랫동안 갖가지 논쟁을 불러일으켰던 이야기인데, 이 판결은 옳다고 볼 수 있다. 어느 쪽이 거짓말을 하고 있는지는 모르나 양쪽 다 선서를 했고, 고용주는 양쪽 모두에 관여되어 있으므로 다른 방법이 없는 것이다. 함부로 관여하지 말라. 다시 말해 계약을 체결할 때에는 명백한 선을 그으라는 것이 이 이야기에 담긴 교훈이다.

술

머리에 술이 들어가면 비밀이 밀려 나온다.

시중 드는 이의 태도가 좋으면 어떤 술이라도 빛깔과 맛이 좋은 술이 된다.

악마는 누군가를 항상 찾아다니는데, 너무도 바쁠 때에는 자신의 대리로 술을 보낸다.

포도주는 오래 묵을수록 맛이 좋아진다. 지혜도 이와 같다. 나이가 들수록 그것은 빛난다.

한나절이 될 때까지 늦잠을 자고, 낮에 술을 마시며, 저녁에 쓸데없는 말이나 지껄이고 있으면 인생을 쉽게 소비하게 된다.

 많은 사람들이 시도한 바 있지만, 술을 마시며 돈을 버는 방법은 아무도 알아내지 못했다.

– 진 커

진실과 거짓

수많은 사람들이 나에게 갖가지 문제를 가지고 와서 해결해달라고 부탁한다. 이 문제들은 101가지나 되며, 그중 똑같은 것이라고는 단 하나도 없다. 다만 한 가지 공통된 점이라면 "누가 거짓말을 하고 있는가?", "아니면 스스로 거짓이라는 사실을 모르면서 말하고 있는 것인가?"를 어떤 방법으로 가려내야 하는가라고 말할 수 있다. 진실과 거짓을 구별해내는 일은 참으로 어려운 문제다.

솔로몬은 매우 현명한 왕으로 알려져 있었다. 어느 날 두 여자가 한 아이를 데리고 와서 서로 자기 아이라고 주장하며 솔로몬 왕에게 재판을 의뢰했다. 당시 유태의 왕은 정치가가 아닌 랍비였다.

솔로몬 왕은 여러 사실을 조사했지만 어느 여자의 아이
인지 알아낼 수가 없었다. 유태의 보편적인 관습에 따르면
소유물이 누구의 것인지 도저히 알 수 없을 때에는 공평하
게 둘로 나누어 가져야 했다. 그에 따라서 솔로몬은 칼로 그
아이를 둘로 나누도록 명령했다.

그 순간 한쪽 여자가 미친 사람처럼 "그렇게 해야 한다면
차라리 아이를 저 여자에게 주십시오!" 하고 울부짖었다.
그 같은 광경을 본 솔로몬 왕은 "그대야말로 아이의 진짜 어
머니다."라고 하면서 그 여인에게 아이를 넘겨주었다.

 거짓은 진실과 어울리지 못할뿐더러 그들끼리도 다투기 일
쑤다.

— 다니엘 웹스터

벌금의 규칙

유태인이 사장으로 있는 회사에서 유태인 사원을 채용했는데, 어느 날 그 사원이 공금을 가지고 도망쳐버렸다. 유태인 사장은 몹시 화가 나 경찰에 신고하려고 했다. 그러자 그 회사의 중역 한 사람이 어떻게 하면 좋겠느냐면서 내게 상담을 신청해왔다.

나는 "우선 그가 정말로 돈을 갖고 도망쳤는지 사실 여부를 확인해볼 필요가 있소. 조사 결과 회사 돈을 빼돌려 도망갔다는 게 사실임이 밝혀진다 해도 경찰에 신고하지 않는 것이 좋소. 경찰에 신고하면 그는 기소될 것이고, 틀림없이 감옥에 들어가게 될 거요. 그것은 유태인다운 방법이 아니오."라고 대답했다. 그 이유는, 그가 감옥에 수감되면 사장은 영원히 돈을 돌려받을 수 없게 될 것이며, 누군가 돈을 훔쳤다면 그 사람은 벌을 받는 것이 아니라 돈을 갚아야만 한다는 것이 유태의 법률이기 때문이다.

마침내 돈을 갖고 도망갔던 유태인 사원을 찾아내어 그와 같은 이야기를 하자 그는 수중에 한 푼도 없다고 말했다. 그러나 현재는 없다 하더라도 감옥에 들어가는 것보다는 차라리 일을 해서 돈을 벌어 분할 상환 방식으로 돈을 갚는 것이 좋은 것 같아 나는 경찰에 신고하지 않았다. 대신 내 방에서 재판을 받도록 했다. 재판장이 된 나는 그가 훔친 돈을 벌어서 갚음과 동시에 벌금을 내놓아 그 돈을 자선 사업에 쓰기로 결정했다.

유태인 사회에서는 가령 A라는 사람이 100만 원을 훔쳤을 경우, 그는 랍비의 재판에 회부되어 유죄가 선고되고 원금과 벌금을 합해서 110만 원을 갚고 나면 그는 아무런 전과가 없는 결백한 사람과 똑같아진다. 전에 피해를 입었던 사람이 '저놈이 내 돈을 훔쳐갔다.'는 따위의 말을 하면 오히려 그처럼 욕을 한 사람이 나쁜 것으로 된다. 벌금은 평균 20퍼센트 이상으로 정해지지만 여기에는 엄밀한 규칙이 있다. 즉 무엇을 훔쳤는가, 그것을 이용해서 돈벌이를 할 수 있는가,

밤에 훔쳤는가 낮에 훔쳤는가 아니면 아침에 훔쳤는가 등등의 여러 조건에 의해 적용 범위가 달라진다.

〈탈무드〉에서는 말을 훔쳤을 경우 상당한 벌금을 부과하고 있다. 말은 그것을 이용해 돈을 벌 수도 있고, 도둑맞은 사람이 몹시 곤경에 처하기 때문이다. 오늘날 같으면 트럭에 해당되는데, 이 경우 4백 퍼센트가량의 벌금을 물어야한다. 보통 당나귀를 훔쳤을 때는 말을 훔쳤을 때보다 벌금이 적다.

말은 성질이 온순해서 훔치기가 쉽기 때문이다. 또한 훔친 사람의 입장도 고려된다. 기아 상태에 있는 사람이라면 20퍼센트가량이 벌금에서 삭감된다. 옛날 이스라엘에서는 벌금이나 돈 또는 이자 따위를 지불할 능력이 없는 경우에는 대신 노동으로 갚아야 했다. 최악의 경우에는 감옥에 들어가게 된다. 그러나 감옥에 가둬둔다고 해서 문제가 해결되는 건 아니라는 것이 유태인의 사고방식이다.

지도자의 자질

　모세는 스스로 모든 일을 하기로 다짐한 뒤로는 남에게 자신의 일을 대신해 달라고 부탁한 적이 없다. 이것은 지도자에게 있어서 매우 중요한 정신이다. 남에게 자신의 일을 대행하라는 것은 지도자로서 바람직하지 않은 자세라는 사실을 일찍이 고찰했던 것이다. 뭔가를 하려고 작정했으면 스스로가 계획했던 대로 진행시켜야만 한다.

　또한 모세는 자기 형에게 깊은 존경심을 가지고 있었다. 물론 그는 자기가 형보다 유명하다는 사실쯤은 알고 있었으나, 어디건 형이 있는 자리에서는 항상 형에게 존경하는 마음을 나타냈다. 이것은 지도자에게 요구되는 중요한 자질 가운데 하나다.

그는 타인의 이익을 보호하기 위해 스스로의 목숨이 위태로웠던 일도 여러 번 겪었다. 모세는 노인들의 지혜를 신뢰하여 항시 그들의 충고를 받아들이곤 했는데, 종교적인 문제를 비롯해 개인적 혹은 정치적인 문제 등등 어떠한 일에서건 우선 나이 많은 선배들의 조언을 즐겨 경청했다. 이것은 그의 지혜의 일부다.

 위대한 지도자는 항상 그들의 효과를 배후에서 연출한다.
 – 샤를르 드 골

책의 민족

유태인들에게 하나님을 공경하는 최고의 기도 방식은 공부하는 일이다. 모든 유태교 회당에는 빠짐없이 공부하는 장소가 따로 마련되어 있었다. 그 이유는, 공부하지 않는 한 종교는 미신이 되어버린다는 사실을 잘 알고 있었기 때문이다. 그러므로 전원이 함께 공부하고 서로 가르쳐야 했으며, 더구나 부모는 언제든 반드시 자식들의 교사가 되어주어야만 했다.

여기서 유태인은 세계 최초로 의무 교육의 필요성을 절감했으며, 또한 그대로 시행했다. 그럼으로 인해 '책의 민족'이라 일컬어지게 되었다.

집에 도서관을 만드는 것은 집에 영혼을 부여하는 것이다.

– 키케로

보편 가운데의 비범

모세가 이스라엘에 12명의 스파이를 파견해 국정을 탐지하거나 정찰시켰을 때의 이야기다.

그 당시 유태인들은 시나이 반도의 사막 지대에 있었다. 그들 스파이가 돌아와서 한 보고는 두 갈래로 나누어져 서로 달랐다. 우선 10명은 이스라엘이란 나라는 아름답기는 하지만 그곳에 들어가는 것은 도저히 불가능하므로 오히려 이집트로 되돌아가 노예 상태로나마 살아가자는 것이었고, 다른 두 사람은 이스라엘은 매우 아름다운 나라이므로 어떻게든 정착하게 되면 유태 민족은 반드시 부흥할 것이라는 의견이었다.

이 소식이 알려졌을 때 모든 유태인들은 공포에 빠져 떨었다. 왜냐하면 12명의 스파이들 중 대다수가 이스라엘 땅에 들어가는 것은 불가능하다고 주장했기 때문이다. 그러나 후일 유태 민족은 별다른 어려움도 겪지 않고 이스라엘 땅에서 번성된 사회를 이룩했다. 결국 이것은 앞서의 대다수 의견이 잘못이었음을 시사하고 있는 증거다.

후일 랍비들은, 왜 다수인 10명의 의견이 잘못되었는가, 왜 10명이 깨닫지 못했던 사실을 두 사람만은 깨달았는가를 진지하게 고찰해 보았다.

결론은 이러했다. 그 대다수는 당시 상태를 있는 그대로 받아들였고, 소수는 그 상태를 초월해 어떻게 하면 좋은가를 깊이 생각했기 때문이다. 실제로 두 사람은 매우 진지하게 숙고했으나 나머지 10명은 있는 그대로의 정세만을 살펴보기에 급급했던 것이다. 그로부터 줄곧 유태인들은 정세가 어떤 상태에 있느냐가 아니라, 그런 상황에서 어떤 일이 발생할 수 있는가를 캐내는 것이 중요하다는 사실을 인식하게 되었다.

인간을 대할 때에도 현재의 모습, 예컨대 어리석다거나 경솔하다거나, 또는 나쁜 인간이라거나 하는 단정이 아니라 그 이면에서 무엇을 발견할 수 있는가를 깊이 생각해야만 한다.

이 에피소드의 바로 뒤에 유태인들은 이스라엘을 향해 다시 여행을 계속한다. 몇 해가 지나 모세가 은퇴하고 여호수아가 지도자가 되었다. 여호수아의 시대에도 이스라엘 근방으로 12명의 스파이를 보내 정찰시켰다. 그 스파이들은 이스라엘로 들어가면 장래가 매우 탄탄할 것이라고 보고했다. 여기서 흥미로운 것은, 모세가 여호수아보다 훨씬 위대한 지도자였음에도 그가 파견했던 스파이들 거의가 그릇된 보고를 했다는 사실이다.

랍비들은 왜 모세는 실패하고 여호수아는 성공했는가에 관해 토론하여 다음과 같은 결론을 내렸다. 모세의 경우, 예의 구성원들은 대개 귀족 출신이거나 사회적으로 존경받던 사람들이었는데, 그들은 모두 씨족의 우두머리였기 때문에 보고를 올릴 때는 먼저 자신들이 거느리는 씨족을 염두에 두었다. 그러므로 그들의 보고는 공정치가 못했던 것이다. 반면에 여호수아의 구성원들은 평범한 가정 출신이었으므로 특별히 염두에 둘 것이 없었고, 물론 그들의 이름도 사회적으로 전혀 알려져 있지 않았다. 그리하여 그들의 보고는 정확할 수밖에 없었다.

여기서 얻을 수 있는 교훈은 극히 일반적인, 평소 아무것도 아닌 듯싶던 사람들로 구성된 단체나 집단이 오히려 뛰어난 일을 곧잘 이루어낼 수 있다는 사실이다.

 우리는 지도를 한다고 생각하지만, 대부분은 지도를 받고 있다.

– 바이런 경

식사

〈탈무드〉 가운데는 유태인이 먹어도 좋은 것과 먹어서는 안 될 것이 정리, 기술되어 있다. 이것은 음식물을 섭취한다는 것을 포함해 일상생활의 행위 하나하나가 종교적인 의미를 지니고 있음을 시사하는 것이다.

동물들은 먹기 위해 산다. 하지만 인간은 살기 위해 먹는다. 먹는다는 것 또한 삶의 일부이므로 당연히 종교적이 될 수밖에 없는 것이다.

> 요리가 영양을 섭취하기 위한 것이 아니고, 예술 작품이 되어버렸다면 개탄할 일이다.
> – 톰 제인

일곱 가지 규범

〈창세기〉에는 아담과 이브로부터 인류가 시작되어 차츰 죄를 범하게 되고 결국 홍수로 인해 전멸한다고 되어 있다. 그리하여 지금의 인류는 노아로부터 새로 출발한 셈인데, 과연 이 새로운 인류는 성공할 것인가?

하나님은 인류가 평화롭게 살아갈 수 있도록 하기 위해 노아에게 일곱 가지 규범을 부여했다. 매우 많은 법률을 가지고 있는 유태 민족은 그중에서도 이 일곱 가지 규범만은 인류 모두가 지켜야 한다고 생각하고 있다. 그 많은 법률 가운데 일부는 성서에 실려 있으며, 일부는 그 해석에서 유도되어 나온 것이다. 성서 가운데는 천주의 십계가 실려 있는데, 이것이 유태인을 위한 것이라면 노아에게 준 일곱 가지 규범은 온 인류에게 주어진 것이라고 말할 수 있다. 그런 만큼 매우 중요한 계율이라 하겠다.

1. 정의를 규정하는 재판소가 있다는 사실을 명심해 이해 당사자끼리 함부로 힘을 가지고 해결하려 해서는 안 된다.
2. 살인을 범해서는 안 된다.
3. 도둑질을 해서는 안 된다.
4. 살아 있는 동물의 살을 떼어 먹어서는 안 된다.
5. 근친결혼을 해서는 안 된다.
6. 우상을 숭배해서는 안 된다.
7. 내용 그 자체는 간단한 것처럼 생각되지만 이것이 4천여 년 전에 만들어졌음을 감안해야 한다. 너무 간단한 것이라 하여 현대적 감각으로 그 경중을 판단하려 함은 큰 잘못이다.

 지성인은 자기의 마음으로 스스로를 양보하는 사람이다.
– 카뮈

자유

성경에 실린 하나님의 십계를 토대로 한 유태인들이 지켜야 할 갖가지 규율 가운데는 '무엇무엇을 해서는 안 된다.'라고 부정하는 형식이 많다. 십계에는 일곱 가지 부정적인 금지 조항이 있고, 세 가지만 종용하는 형식으로 되어 있다.

유태인의 사고방식으로는 '무엇무엇을 하라.'는 식의 명령조만 늘어놓으면 인간은 자중함을 잃어버리고 말 것이라 여긴다. 거꾸로 '이것만은 하지 말라.'고 한다면, 나머지는 전부 자유이므로 진보를 기대할 수 있다는 이야기가 된다. 금기 사항이 많음에 대해 부자유스러운 느낌이 들지도 모르겠으나, 우리의 행위는 그보다 훨씬 많기 때문에 실은 이쪽이 더 자유롭다.

인간이 만들어질 때 하나님으로부터 내려진 최초의 명령은 '생육하고 번성하여 땅에 충만하라.'는 것이었다. 따라서 유태인 사이에서 섹스는 결코 죄가 아니다. 두 번째 명령은 '바다의 고기와 공중의 새와 땅에서 움직이는 모든 생물을 다스리라.'였다. 다시 말해 세계를 자기 소유로 하라, 세계를 이해하여 인간의 갖가지 지혜를 끌어내라, 요컨대 진보하라는 명령이었다.

 어쩌면 우리는 무언가를 하기 위한 자유보다 무언가를 하지 않기 위한 자유를 더 원할지도 모른다.

– 에릭 호퍼

개인주의

이스라엘의 초대 대통령으로 추대되었을 때 아인슈타인은, 이스라엘은 젊은 나라이므로 젊은 사람을 대통령으로 선출해야 한다며 거절했다.

젊었을 때의 아인슈타인은 수학이 딱 질색이어서 대수 시험에 낙제 점수를 받은 적도 있었다. 프로이트도 학교 성적은 매우 나빴다.

유태인이 성공하는 비결은 그들이 극도의 개인주의자라는 점에 있다. 요컨대 어느 타인과도 상이함을 의미한다. 그 때문에 유태인들은 기하나 대수처럼 자로 잰 듯이 틀에 박힌 것에는 서툴지만, 대신 인습 따위에 사로잡히지 않는 새로운 발상을 해내는 특기를 가지고 있다.

보트의 구멍

기업에서는 고용인을 해고해야 할 때가 생기기도 한다. 그러나 이처럼 하기 싫은 일도 없을 것이고, 때로는 그것이 사회적인 문제로까지 확대되기도 한다. 특히 유태인 기업에서 유태인 사원을 고용하고 있는 경우, 원인이 어디에 있든 유태인 사원을 해고시키기란 몹시 어렵다. 그 이유는, 그에게 아내와 자식 등 부양가족이 딸려있기 때문이기도 하지만 유태인은 다른 직장을 구하기가 한층 어렵기 때문이다. 더욱이 외국에 나가 사는 경우 취업의 기회가 극히 드물 뿐 아니라, 다른 나라로 이주하거나 본국으로 돌아가는 것도 힘든 일이다.

그래서 나는 항상 고용인들이 해고당하지 않도록 신경을

쓴다. 만일 누군가가 직장을 잃게 되면 자기 가족들로부터도 존경받지 못하는 비참한 상태로 전락할 뿐만 아니라, 그실업자를 유태인 사회가 부양해야 하기 때문에 결국은 유태인 사회 전체의 부담이 되는 것이다. 그러나 본시 유태인은 풍부한 동정심의 소유자들이기 때문에 실질적으로 사원을 해고시키는 경우는 극히 드물다. 그렇다 해도 언젠가 그 드문 일이 발생한 적이 있다. 그때 나와 상의하기 위해 찾아온 고용주는 이렇게 말했다.

"저는 한 사람의 직원은 해고시켜야만 합니다. 그는 지금 해고하지 않아도 어차피 해고당할 사람입니다. 아무 일도 처리하지 못하는 멍청이예요. 그러니 다른 직장에 가봤자 결국 또 해고당할 게 분명합니다. 그러므로 실상 저로서는 그를 해고하고 싶지 않아요. 제 자신에게 그를 해고하지 않아도 될 어떤 좋은 명분이 없겠는지, 선생님의 조언을 듣고 싶습니다."

이에 나는 다음과 같은 〈탈무드〉 이야기를 들려주었다.

한 남자가 조그마한 보트 한 척을 소유하고 있었다. 그는 여름이 되면 가족들을 거기에 태우고 호수로 나가 낚시질을 하며 즐거운 시간을 보내고는 했다.

여름이 지나자 보트를 뭍으로 끌어올려 놓은 그는 비로

소 보트 밑바닥에 작은 구멍이 뚫려 있다는 사실을 알게 되었다. 하지만 그것은 매우 작은 구멍이었고 어차피 겨울 동안은 보트를 사용하지 않을 것이므로, 다시 사용하게 될 내년 여름에나 수리해야겠다고 생각하고는 그대로 방치해두었다. 그러고는 페인트공에게 보트에 페인트칠만 새로 해달라고 부탁했다.

이듬해 여름은 일찌감치 찾아왔다. 그의 두 아이는 어서 보트를 타고 호수로 나가고 싶어했다. 보트에 구멍이 나 있다는 사실을 까맣게 잊고 있던 그는 그렇게 해도 좋다고 승낙했다.

그가 불현듯 보트에 구멍이 뚫려 있다는 사실을 깨닫게 된 것은 이미 두 시간이나 지난 뒤였고, 아이들은 수영도 잘하지 못하는 상태였다. 당황한 그는 누군가의 도움을 요청하기 위해 허둥거리며 밖으로 달려나갔다. 그러나 곧 두 아이가 다시 보트를 뭍으로 끌어올리고 있는 광경을 보게 되었다. 두 아이를 반갑게 껴안아준 그는 보트를 살펴보았다. 밑바닥에 뚫려 있던 구멍은 누군가가 손을 보아 단단히 막혀 있었다. 그 순간 지난 겨울 보트에 페인트칠을 했던 페인트공이 생각난 그는 페인트공을 찾아가 사례를 했다. 그러자 페인트공은 "보트에 페인트칠을 하고 품삯을 받았는데

왜 이런 선물을 또 주십니까?" 하고 물었다.

이에 그는 "보트에 뚫려 있던 작은 구멍을 당신이 손봐주었지요? 이번 여름, 보트를 사용하기 전에 그 구멍을 수리하려고 마음먹었는데 그만 깜빡 잊고 말았어요. 그런데 당신이 내가 수리를 부탁하지도 않는데 구멍까지 손을 봐주어 그 덕분에 우리 아이들이 목숨을 구했답니다." 하며 거듭 감사했다.

인간으로서는 아무리 조그만 선행이라 할지라도 그것이 다른 사람에게 얼마나 큰 도움이 될지를 상상하기란 매우 어렵다. 나는 그 고용주에게 다시 한번 그 직원에게 기회를 주는 것이 좋겠다고 충고 했다.

🔯 매 순간 선행을 베풀 기회가 있으니 이 얼마나 행복한 곳인 가! 매 순간 수백만 명에게 상처를 입힐 위험이 도사리고 있 으니 이 얼마나 위험한 곳인가!

– 장 드 라 브뤼예르

로스차일드 가의
가훈

가화만사성(家和萬事成),
가정이 화목하면 모든 일이 잘된다는 뜻이다. 만사가 가정
에서 비롯되기 때문이다. 가정은 인성교육과 공동생활의 출
발점이다. 가정생활이 원만하게 이루어져야 그 가족 구성원
들이 사회에서 제 몫을 하게 마련이다.

우리나라는 요즘은 가훈이니 가풍이니 하는 것이 낯설게
느껴질 정도이지만 과거에는 달랐다. 가문 대대로 내려오는
전통과 문화를 중시했다. 삶과 사람에게 유익이 되는 산교
육을 중시한 정약용이라든지, 어려서부터 투철한 애국정신
을 심어준 독립투사들의 가풍이 그러했다.

유태인의 경우 자기 가문뿐 아니라 자신들의 나라를 견

고하게 만들기 위해 가풍을 상당히 중시한다. 세계적으로 많이 알려진 로스차일드 가문이 좋은 예이다. 로스차일드 가는 국제적인 금융기업을 보유한 유태계 금융재벌 가문으로, 로스차일드는 '붉은 방패'라는 뜻이다. 이 가문이 대대로 살던 저택의 모습에서 유래한 말이라고 한다. 로스차일드 가는 신성로마제국의 자유도시 프랑크푸르트의 게토, 즉 유태인 거주 구역에서 대를 이어 상업에 종사하던 유태인 가문이었다.

원래 로스차일드 가문은 독일의 대금업자 가문이었는데, 마이어 암셸 로스차일드라는 인물이 등장한 이래로 이 가문의 본격적인 성장이 이루어졌다. 로스차일드 가문의 시조(始祖) 격인 암셸 로스차일드(1744~1812)가 살던 시대에 유태인에 대한 차별은 극심했다. 당시 유태인들은 허가 구역 밖에서는 거주하지 못했으며, 밤이 되면 거주 구역 입구에 쇠사슬이 내걸렸고, 길거리에서 갖은 수모를 당해도 대항하지 못했다. 하지만 암셸의 가문은 이러한 비참한 상황에서도 엄격한 가풍을 이어갔다. 독실한 유태교 신자였던 암셸은 근면과 성실, 경건을 삶의 모토로 삼고 정직과 신뢰를 무기로 사업을 착착 성공시켜 나갔다. 처음에는 골동품 상점으로 사업을 시작했는데 귀족들에게 호감을 사 재산관리인이 될 수 있었다. 로스차일드 가문은 나폴레옹 전쟁 이후에 유럽 주요 국가들의 공채 발행과 왕가 및 귀족들의 자산 관리를 맡아 엄청난 부를 축적했다. 또한 철도와 석유산업 등의 발달을 주도하며 유럽의 정치와 경제에 막대한 영향을 끼쳤다.

암셸 로스차일드는 결국 자신만의 금융제국을 이루어냈으며 다섯 명의 아들을 유럽 곳곳에 파견하여 사업을 확장해나갔다. 로스차일드 가문의 문장에 그려져 있는 '다섯 개의 화살을 움켜쥔 주먹'은 바로 이 다섯 명의 아들을 상징적으로 나타낸 것이다. 정확히는 이 그림은 아버지 암셸이 다섯 아들에게 남긴 유언을 상징한다. 하나의 화살은 쉽게 부러지지만 다섯을 하나로 합치면 아무리 강력한 힘으로도 꺾기 힘들다. 암셸은 이러한 상징적인 묘사를 통해 다섯 아들이 어느 때든 서로 힘을 합쳐야 한다고 가르쳤다. 상속에 대해서도 유언장에 엄중한 규정을 써놓았다. "서로 사랑하고 우애를 지키며, 유언을 충실하게 따라주길 간절히 바란다. 만약 이에 복종하지 않는 자식은 유언장에 적힌 권리를 박탈당할 것이다."라고 썼다.

세대를 이어 가문을 크게 일으킨 주인공은 다름 아니라 대대로 이어져 내려온 가훈이었다. 로스차일드 가문의 문장에는 라틴어로 된 세 개의 단어가 쓰여 있다. 바로 '조화, 성실, 근면'이다. 이 가문 사람에 의하면, 이 가훈에는 '관계된 모든 사람에게 행운이 있기를 진정으로 바라고 행동하는 것'이라는 의미가 내포되어 있다고 한다. 바로 이러한 뜻이 깃든 가훈이 로스차일드 가문의 영광의 핵심 비결이라 할 수 있겠다.

19세기에 로스차일드 가문은 세계에서 가장 부유한 가문이 되었으며 오늘날까지도 그 명예와 위세를 이어가고 있다. 로스차일드 가문뿐 아니라 19세기 중반에 이르러서는 유태인 가문들을 빼놓고는 세계 경제를 논할 수 없을 정도가 되었다.

로스차일드 가문은 수많은 분야의 사업에 진출했는데 국제금융, 주식, 광업, 에너지 사업, 비영리사업까지 계속해서 사업 영역을 확장하고 있다. 2000년대 초반에 전문가들은 로스차일드 일가의 재산 규모를 3,000~5,000억 달러로 추정했는데, 당시 빌 게이츠의 자산이 500억 달러 정도였으니 엄청난 규모라 할 수 있다. 세계 최대 자산가인 로스차일드 가문의 역사가 1750년에 시작되었다고 본다면 현재 270년이 지났으니, 한 세대를 30년으로 친다면 무려 9대에 걸쳐 가문의 영광이 이어져오고 있는 것이다.

세계의 금융을 주도하게 된 로스차일드 가는 나폴레옹 전쟁, 워털루 전투, 미국 남북전쟁과 러일 전쟁, 수에즈 운하 건설에서 이스라엘 건국에 이르기까지 그야말로 굵직굵직한 세계의 역사적 사건에 '돈줄'로서 큰 영향을 끼쳤다. 특히 유태인 가문으로서 이스라엘의 건국에 지대한 영향력을 행사했다. 로스차일드 가는 시오니즘 운동에 자금 지원을 하여 1917년 영국의 외무장관 밸푸어가 팔레스타인에 유태인 국가를 수립하는 데 동의한다고 발표한 밸푸어선언을 이끌어냈으며 이스라엘이 건국할 때도 많은 자금을 지원했다.

로스차일드 가문은 세계 각처에 있는 박물관에도 수많은 작품을 기증했다. 또한 자신들의 저택 역시 기증했는데 이는 유럽 각국의 주요 관광자원이 되고 있다. 그들은 기부를 드러내놓고 하지 않지만 상당한 수준의 기부를 하고 있는 것으로 알려져 있다.

3장

생명의
나무

자연은 우리의 스승이자 우리의 이웃이다.

가장 오랫동안 우리에게

변함없는 사랑을 주고 있는 자연과 생명의 이치를

탈무드의 생명에서 느껴본다.

하나님의 보물

랍비 메이어가 안식일에 교회에서 설교를 하고 있는 동안 집에 있던 그의 두 아이가 갑자기 죽었다. 아내는 두 아이의 시신을 위층으로 옮기고 하얀 천을 씌워 놓았다.

랍비가 돌아오자 아내는 물었다.

"당신에게 한 가지 물어볼 것이 있습니다. 어떤 사람이 나에게 값비싼 보물을 맡기면서 잘 지켜달라고 부탁한 뒤 돌아갔습니다. 그런데 그 사람이 예고도 없이 불쑥 나타나 맡겼던 보물을 돌려달라고 하면 어떻게 해야 좋을까요?"

랍비는 생각해볼 여지도 없다는 듯 "그런 경우에는 즉시 주인에게 돌려주어야 해요."라고 대답했다. 그러자 아내는 "사실은 방금 하나님께서 귀중한 보물 두 개를 찾아가버리

셨습니다." 하고 말했다. 충분히 납득한 랍비는 아무 말도
하지 않았다.

 무릇 지킬 만한 것보다 더욱 네 마음을 지키라 생명의 근원
이 이에서 남이니라

– 잠언 4장 23절

열매 맺는 나무

한 노인이 정원에 나무를 심고 있었다. 때마침 그곳을 지나가던 나그네가 그것을 보고 물었다.

"도대체 노인께선 언제 그 나무에서 열매를 거둘 수 있으리라 생각하십니까?"

노인은 70년쯤 지난 뒤에야 결실을 볼 수 있을 것이라고 대답했다. 나그네는 다시 물었다.

"노인께서 그토록 오래 사실 수 있겠습니까?"

그러자 노인은 다음과 같이 말했다.

"아니, 그렇지 않아. 그러나 내가 태어났을 때 과수원에 있는 많은 유실수엔 열매들이 풍성히 달려 있었다네. 이는 아버님께서 채 태어나지도 않은 나를 위해 나무를 심어 놓으셨기 때문이지. 그와 똑같은 일이라네."

 타인을 위해 준비하는 것은 인간의 삶에 대한 기본적인 책임
감이다.

– 우드로 윌슨

여자

여자의 기묘한 아름다움에 저항할 수 있는 남자는 아무도 없다.

여자의 질투심에는 단 한 가지 원인밖에 없다.

여자는 자신의 외모를 가장 소중하게 생각한다.

여자는 남자보다 지각 능력이 뛰어나다.

여자는 남자보다 정이 두텁다.

여자는 비합리적인 신앙에 빠져들기 쉽다.

불순한 동기에서 시작된 애정은 그 동기가 사라지는 순간 사멸되어 버린다.

사랑에 빠진 사람에게는 남의 충고를 들을 여유가 없다.

여자가 술을 한 잔 마시면 아주 좋은 일이 되지만, 두 잔 마시면 기품이 떨어지고, 세 잔째 마시면 부도덕한 일이 되며, 네 잔째 마시면 자멸하고 만다.

흔히 정열 때문에 결혼하지만 정열은 결혼 보다 오래가지 못한다.

여자가 남자를 지배해서는 안 되기 때문에 하나님은 최초의 여자를 만들 때 남자의 머리를 취하지 않았다. 그렇다고 남자의 노예가 되어서도 안 되기 때문에 남자의 발을 취해 만들지도 않았다. 갈비뼈를 취해 여자를 창조한 것은 여자로 하여금 언제나 남자의 마음 가까운 곳에 있게 하기 위해서다.

남자의 생애

〈탈무드〉에 따르면 남자의 생애는 일곱 단계로 나뉜다.

1단계 – 1세 때는 왕이다! 모두들 왕을 모시듯 비위를 맞추고 어르며 달래준다.

2단계 – 2세 때는 돼지다! 더러운 진흙탕이건 어디건 가리지 않고 뛰어 논다.

3단계 – 10세 때는 어린 양이다! 그저 웃고, 장난치며, 마냥 뛰어다닌다.

4단계 – 18세 때는 말이다! 웬만큼 성장해 누구에게든 자기 힘을 과시하고 싶어한다.

5단계 – 결혼하면 당나귀다! 가정이라는 무거운 짐을

지고 끝없이 터벅터벅 걸어야 한다.

6단계 – 중년에는 개가 된다! 가족을 부양하기 위해 여러 사람들에게 호의를 졸라야만 한다.

7단계 – 노년에는 원숭이가 된다! 어린아이와 같아지지만 아무도 관심을 기울이지 않는다.

 남자는 야생동물이며, 여자는 이 야생동물을 길들이는 자이다.

– 폴리스 바이언

자루

    최초로 쇠가 만들어졌을 때 온 천하의 나무들이 두려움에 떨었다. 그러자 하나님께서 말씀하셨다.

    "염려하지 말라. 쇠는 네가 자루를 제공하지 않는 한 너를 해칠 수 없으리라."

 두려움과 무지야말로 이 세상에서 사라져야 할 것이다.

    – 장 마사릭

거미와 모기와 미치광이

다윗 왕은 전부터 거미란 놈은 아무 데나 거미줄을 쳐놓는 더럽고 쓸모없는 미물이라 생각하고 있었다.

어느 전쟁 때, 적에게 포위당해 퇴로가 차단되자 그는 궁여지책으로 마침 거미 한 마리가 입구에다 거미줄을 치고 있는 동굴 안으로 피신해 들어갔다. 추격해오던 적군 병사가 동굴 앞까지 다가와서 멈춰 섰으나 입구에 거미줄이 쳐있는 것을 보고는 그대로 돌아가버렸다.

또 다른 때, 다윗 왕은 적장의 침실에 숨어들어가 칼을 훔치고는 다음 날 아침 이렇게 호통을 쳐 기를 죽일 생각이었다. '너희 칼을 가져올 정도이니 죽이는 것 또한 간단한 일이었다.' 하지만 그런 기회는 좀체 오지 않았다. 어느 날 결국 침실 안까지는 숨어들어 갔지만 칼이 적장의 발밑에 깔려 있어 아무리 애써도 빼낼 수가 없었다. 어쩔 도리가 없어 다윗 왕이 막 되돌아가려고 했을 때 모기 한 마리가 날아와 적장의 발끝에 앉았다. 적장은 무의식중에 발을 움직였고, 다윗 왕은 그 순간을 이용해 칼을 빼내는 데 성공했다.

또 언젠가 한번은 적에게 포위당해 위기 직전에 처한 다윗 왕은 미치광이 흉내를 냈다. 그러자 적병들은 설마 이런 미치광이가 왕일 리 없다는 생각에 그대로 돌아가버렸다.

어떠한 것이든 이 세상에 전혀 쓸모없는 것이라곤 없다. 아무리 미천하고 보잘것없어 보이는 것일지라도 소홀히 여겨서는 안 된다.

바보는 방황하고 현자는 여행한다.
– 풀러

강자

이 세상에는 강한 것이 두려워하는 약한 것 네 가지가 존재한다. 사자는 모기를, 코끼리는 거머리를, 전갈은 파리를, 매는 거미를 두려워한다.

제아무리 크고 힘이 강한 것이라 할지라도 반드시 최강의 것이라고는 할 수 없다. 가장 약한 것도 어떤 조건이 갖추어진다면 강한 것을 이길 수 있기 때문이다.

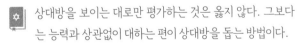

상대방을 보이는 대로만 평가하는 것은 옳지 않다. 그보다는 능력과 상관없이 대하는 편이 상대방을 돕는 방법이다.

– 요한 볼프강 폰 괴테

엿새째

성서에 따르면, 이 세상은 하루, 이틀, 사흘의 순서로 만들어지고 엿새째 되는 날에 완성되었다. 인간은 그 최후의 날인 엿새째에야 비로소 만들어졌는데, 왜 인간이 최후에 만들어졌고 또한 그것은 무엇을 의미하는 것일까?

〈탈무드〉에 의하면, 파리 한 마리라도 인간보다 먼저 만들어졌다고 생각하면 인간은 지나친 오만에 빠질 수 없고, 인간으로 하여금 자연에 대해 겸손한 마음을 지니도록 가르치기 위해서라고 한다.

인간

동물은 마음으로부터 먼 곳에 아내가 있지만, 인간은 마음 가까운 곳에 아내를 가지고 있다. 이것은 하나님의 깊은 배려다.

깊이 반성하는 인간이 딛고 서 있는 땅은 가장 훌륭한 랍비가 서 있는 땅보다 고귀하다.

진실과 법과 평화. 세계는 이 세 가지 기반 위에 서 있다.

휴일이 인간에게 주어진 것이지, 인간이 휴일에게 주어진 것은 아니다.

평범한 사람들의 소리가 곧 하나님의 소리다.

하나님이 말씀하셨다.

"내겐 네 명의 아이가 있고, 네게도 네 명의 아이가 있다. 네게 있는 네 명의 아이는 미망인, 고아, 이방인, 예배다. 내가 네 아이들을 보살펴주리니, 너는 내 아이들에게 어려움이 없는가 돌보아주어라."

사소한 남의 피부병은 염려하면서도 자신의 중병은 모르는 게 인간이다.

진실을 말했을 때도 누구 하나 믿어주 는 사람이 없다는 것, 이것이 거짓말쟁이 에게 주어지는 가장 큰 벌이다.

인간은 20년이란 세월을 소비해 외운 것을 단 2년 동안에 잊어버릴 수 있다.

인간은 친구를 셋 가지고 있다. 자식과 재산과 선행이 그것이다.

인간은 세 개의 이름을 갖게 되는데, 하나는 태어났을 때 부모가 지어준 이름이고, 또 하나는 친구들이 애정을 담아 부르는 이름이며, 나머지 하나는 자기 생명이 다하는 날까지 얻어지는 명성이다. 인간은 경우에 따라 명예가 높아지는 것이 아니고, 스스로 그 경우의 명예를 높이는 것이다.

　　모든 인류는 단 한 명의 조상밖에 갖고 있지 않다. 따라서 어떤 인간이 다른 인간보다 우월하다는 것은 있을 수 없다. 만일 당신이 한 인간을 죽였다면, 그것은 인류 전체를 죽인 것과 똑같은 일이다. 또 한 인간의 생명을 구했다면 모든 인류의 생명을 구한 것과도 같다. 왜냐하면 세계는 최초의 단 한 인간에 의해 시작되었으므로 그 최초의 인간을 죽였다면 오늘날의 인류는 존재하지 않았을 것이기 때문이다.

　　요령 좋은 인간과 현명한 인간의 차이는, 현명한 인간이라면 절대 빠지지 않을 난관을 요령 좋은 인간은 잘 헤쳐 나온다는 것이다.

　　어떤 인간은 젊었으나 늙었고, 또 어떤 인간은 늙었지만 젊다.

자기 자신의 결점만을 염려하는 사람은 타인의 결점을 알아채지 못한다.

배가 고픈 인간이라면 결코 음식을 장난감으로 삼지 않으리라.

몰염치와 자만은 형제 사이다.

하루를 공부하지 않으면 그것을 만회하는 데 이틀이 걸리고, 이틀을 공부하지 않으면 그것을 만회하는 데 나흘이 걸린다. 1년 동안 공부하지 않았다면 그것을 만회하기 위해서 당연히 2년을 소비해야 한다.

천성이 좋지 않은 인간은 이웃 사람의 수입에만 신경을 쓰고 자신의 낭비는 염두에 두지 않는다.

눈이 보이지 않는 것보다 마음이 보이지 않는 것이 더 두려운 일이다.

만나는 사람 모두로부터 무엇인가를 배우는 사람이 이

세상에서 가장 지혜로운 사람이다.

마음먹은 대로 자제할 수 있는 사람과 적을 친구로 만들 수 있는 사람이 가장 강한 사람이다.

자기가 소유하고 있는 것에 만족을 느낄 줄 아는 사람이 가장 부유한 사람이다.

남을 찬양할 수 있는 사람이야말로 진정으로 명예로운 사람이다.

진실은 무거운 것이기 때문에 젊은 사람들밖에 옮길 수가 없다.

 자기 자신과의 불일치는 인간의 본성 중 가장 약한 것이다.
 – 조셉 에디슨

202

애정

이 세상에는 강한 것 열두 가지가 있다. 맨 먼저 돌이다. 하지만 돌은 쇠로 부술 수 있고, 쇠는 불에 녹는다. 불은 물에 의해 꺼져버리지만 물은 구름이 되고, 그 구름은 다시 바람에 흩어진다. 그러나 바람도 인간을 날려 보내진 못한다. 그런 인간도 공포에 의해 산산조각으로 깨어진다. 공포는 술로 없애버릴 수 있지만 술은 잠에 의해 깨어나고, 잠 또한 죽음만큼 강하지는 못다. 그렇지만 그 죽음도 애정을 이 겨낼 수는 없는 것이다.

폭력으로 승리한 자는 반쯤 적을 이겼을 뿐이다.
– 밀턴

섹스

히브리어로 '야다'라는 단어는 섹스, 즉 남녀의 성별을 뜻하는 것과 동시에 성행위 자체를 의미하기도 한다. 또한 '상대방을 안다'는 뜻도 포함된다. 예를 들면, 아담이 이브를 알고 아이를 낳았다고 기록된 성서에서의 '알고'라는 말은 성행위를 했다는 의미를 내포하고 있다. 일반적으로 '사랑한다는 것은 곧 상대방을 아는 것'이라고 하는데, 이것을 '사랑한다는 것은 동침하는 것'이라고 해석할 수 있다.

야다는 창조 행위이며, 이것 없이는 자기완성을 성취할 수 없다.

야다는 일생 동안 단 한 사람의 상대에게만 허락되어야 한다.

야다는 자연의 일부다. 그러므로 성행위를 함에 있어서 본래 부자연스러운 것이라곤 아무것도 없다.

야다는 지극히 개인적인 관계로, 친밀한 분위기 속에서 행해져야 한다. 스스로를 통제하지 못하는 환경에 처해 있을 때 성행위를 하면 안 된다.

아내의 동의 없이 아내와 성행위를 하면 안 된다. 아내가 승낙하지 않는데 남편이 손을 내미는 행위는 금지되어 있다.

 진정한 애정은 수수께끼 같고, 신비로우며 불가사의한 것들의 집합체다. 그 안에서는 두 개의 집합체가 하나가 된다.
– 토머스 브라운

악

악에의 충동은 구리와도 흡사한 것이어서, 불 속에 있을 때에는 어떤 형태로도 만들 수 있다. 만약 인간의 마음속에 악에로의 충동이 없다면 집을 짓고, 아내를 얻고, 아이를 낳고, 일하는 따위는 생각지도 않을 것이다. 그러므로 악에로의 충동이 느껴지면 그것을 몰아내버리기 위해 무엇이든 배우기 시작하라.

보통 사람보다 뛰어난 사람은 악에로의 충동도 그만큼 강하다. 항시 옳은 일만 하고 사는 인간은 결코 이 세상에 존재하지 않는다.

최초의 악의 충동은 매우 감미롭지만 최후엔 몹시 쓴 맛을 남긴다.

13세, 그때부터 인간 내면에 있는 악의 충동이 선의 충동보다 차츰 강해진다.

태아 때부터 그 마음속에 움트기 시작한 악은 인간이 성장해감에 따라 함께 자라나 강인해진다.

죄는 미워하되 인간은 미워하지 말라.

처음에는 여자처럼 약하지만 방치해두면 남자처럼 강해지고, 처음에는 거미줄처럼 가늘지만 방치해두면 배를 묶어두는 밧줄처럼 강해지며, 손님으로 찾아온 것을 방치해두면 그 집 주인으로 들어앉아 버리는 것, 이것이 바로 악이다.

최고에 도달하려면 항상 최저에서 시작하라.
– 시르스

죽음

항구에 지금 막 출항하려는 배 한 척과 방금 입항한 배 한 척이 승객을 잔뜩 실은 채로 떠 있었다. 사람들은 일반적으로 배가 출항할 때는 떠들썩하게 환송해주지만 입항할 때는 그다지 환영하지 않는다.

〈탈무드〉에 의하면 이와 같은 행동은 매우 어리석은 관습이다. 출항하는 배의 미래는 누구도 알 수 없다. 폭풍을 만나 침몰하게 될지도 모르는 것이다. 그런데 왜 떠들썩하게 환송하는 것일까? 기나긴 항해를 마치고 무사히 귀환했을 때야말로 하나의 책무를 성공적으로 끝마친 기쁨을 누릴 수 있는 것이다.

인생 또한 마찬가지다. 갓 태어난 아기에게는 모두가 축복을 아끼지 않는다. 마치 출항하려는 배를 떠들썩하게 환송하는 것과도 같다. 그 아기의 미래에 어떤 일이 있을지 그 누구도 알 수 없다. 하지만 인간이 죽음을 맞이하게 될 때는 주어진 인생으로 어떤 일을 해왔는가 하는 것이 모두에게 알려져 있으므로, 이때야말로 진심으로 축복을 빌어야 한다.

 낮이 얼마나 좋은지는 저녁이 되어봐야 알 수 있다. 마찬가지로 죽기 전까지는 결코 인생을 판단할 수 없다.

– 샤를르 드 골

손

갓 태어날 때의 인간은 손을 꽉 쥐고 있지만 죽을 때에는 펴고 있다. 그 이유는 무엇일까?

태어나는 인간은 이 세상의 모든 것을 움켜잡으려 하기 때문이고, 죽을 때는 모든 것을 뒤에 남은 인간에게 주고 아무것도 지니지 않은 채 떠난다는 의미이다.

 죽을 때가 되어서야 제대로 산 적이 없다고 후회하는 일이 없게 하라.

– 헨리 데이비드 소로

축복의 말

나는 어느 병실에 의사와 환자와 함께 있었다. 중상을 입은 환자는 심한 내출혈로 몹시 고통스러워했는데, 마침내 환자는 혼수상태에 빠져버렸다. 의사는 꺼져가는 목숨을 살려내려고 굵은 땀방울을 흘리며 혼신의 노력을 기울였다. 대량의 수혈이 행해지고 있었다. 수혈이 중단되면 환자는 죽게 될 상태였으므로 의사는 거의 절망적인 표정이었다.

그가 "대체 당신은 지금 무슨 생각을 하고 있습니까?" 하고 내게 물었다. 나는 "지금 생사에 대해서는 생각하지 않고 있습니다. 그저 가느다란 혈관이 귀중한 붉은 액체를 흘려서 이 사람이 위독하다는 것을 생각하고 있지요." 하고 대답했다. 수혈이 끝나자 환자는 결국 죽었다.

의사는 허탈감에 빠져 나에게 정신적인 구원을 청했다. 그래서 나는, 유태인들은 왕을 만나든, 식사를 하든, 태양이 떠오르는 것을 보든, 그 모든 때에 축복의 말을 한다고 말해주었다. 심지어 화장실에 갈 때의 축복의 말도 있다는 〈탈무드〉 이야기를 해주었다. 그러자 의사는 "랍비는 화장실에 갈 때 뭐라고 합니까?" 하고 물었다.

　"몸은 뼈와 살과 여러 가지 부분으로 이루어져 있습니다. 그러나 몸 가운데 닫혀 있어야 할 것은 닫혀 있고, 열려 있어야 할 것은 열려 있어야 합니다. 이것이 반대로 되면 아주 곤란하므로 항상 열릴 것은 열리고 닫힐 것은 닫혀 있게 해 달라고 기도하지요." 하고 대답하자 의사는 "그 기도 내용은 해부학에 정통한 사람의 말과 똑같군요."라며 감탄했다.

 신의 보호를 받고 자유를 누리는 것에 평생 감사하라.
　　　　　　– 제레미 테일러

위생관념

〈탈무드〉를 읽다 보면 유태인들의 보건 위생관념이 매우 엄격하다는 사실을 자연스럽게 알게 된다. 다음은 그중 몇 가지 가르침이다.

첫째, 컵을 사용할 때에는 사용 전에 헹구고 사용 후에 또 씻어두라.

둘째, 자신의 입을 댔던 컵을 씻지 않은 채 남에게 건네지 말라.

셋째, 안약을 넣는 것보다 아침저녁 눈을 물로 씻는 것이 낫다.

넷째, 의사가 없는 곳에서는 살지 말라.

다섯째, 화장실에 가고 싶을 때에는 잠시라도 참지 말라.

생의 목적

성서에 의하면, 하나님이 식물을 만들 때 제일 먼저 씨앗들을 만들었다. 그 씨앗들은 물론 각기 종류가 달랐다. 유태인들은 그것을 각기 다른 씨앗을 교배해서는 안 된다는 교훈으로 해석한다. 인간 사이는 물론이며 수간을 해서도 안 되고, 양과 소 등 서로 다른 동물의 종류에도 이 교훈이 적용된다.

유태인들은 이 세상을 하나님이 창조했다는 데서 그분의 위대함을 통감하고 있다. 하나님은 물에서 사는 물고기에게는 아가미를 붙이고, 뭍에 사는 동물에게는 폐를 주었다. 만일 아가미와 폐의 위치가 잘못 바뀐다면 이 세상의 모든 생명은 소멸될 것이다. 유태인들은 이토록 오묘한 이치로 이루어진 훌륭한 세계가 창조된 것이야말로 위대한 하나님 능력의 증거라고 믿고 있다. 따라서 하나님이 창조한 모든 피조물은 각기 제 나름대로의 목적을 지니고 있다고 본다. 독초 따위가 무슨 쓸모가 있겠는가 생각되지만, 그것은 산소를 토해 다른 생물의 호흡을 도와준다. 생물 모두가 서로 관련을 맺고 하나의 거대한 수레바퀴를 이루는 것, 이것이 곧 생태 환경이다. 비록 인간에게는 해가 될지 모르는 독초가 다른 것에게는 유익한 구실을 하기도 한다. 요약하자면, 하나님은 모든 생물에게 각각의 목적을 부여한 것이다.

 하나의 모래알에서 세계를 보고 한 송이 들꽃에서 천국을 보라. 네 손바닥에 무한함을 품고 짧은 순간에 영원을 품으라.
– 윌리엄 블레이크

만물의 영장

〈창세기〉에 인간은 하나님을 닮도록 만들어졌다고 기록되어 있는데, 이것은 인간의 육체가 시각적으로 하나님과 비슷하게 만들어졌다는 뜻이 아니다. 유태인들은 하나님은 육체를 가지고 있지 않은 것으로 여긴다. 그러므로 인간이 하나님을 닮았다는 말은 정신과 마음이 하나님을 닮도록 만들어졌다는 뜻이다. 인간은 지상의 다른 모든 것과 같지 않은 매우 독특한 존재다.

인간들은 과거의 일을 기억하는 능력으로 인해 배울 수가 있다. 그러나 닭 같은 동물들에게는 역사가 없다. 닭은 어미 품에서 달걀이 부화했을 때가 시초이며, 사자는 새끼로 태어났을 때가 시초이다. 그 시점에서 모든 관습을 배우기 시작하는 것이다. 하지만 그 배움도 스스로의 체험 영역을 벗어나지 못하고, 동물들에게 미래를 예측할 능력이란 더더욱 없다.

그러나 인간은 역사적 과거의 경험을 자신들의 경험으로 삼을 수 있으며, 미래를 예측할 수도 있다. 인간을 만물의 영장이라고 일컫는 이유는 바로 이러한 능력을 소유하고 있기 때문이다.

습관적으로 인간성을 비웃고 경멸하는 사람들은 최악의 인간이자 최소한의 즐거움도 없는 인간에 속함이 알려질 것이다.

– 찰스 디킨스

에덴동산

에덴동산 이야기는 종교적인 의미로뿐만 아니라 온 세계 사람들에게 가장 널리 알려져 있는 위대한 문학의 하나로서도 매우 높이 평가되고 있다. 이 이야기가 지닌 특징의 하나는, 간결하고 알기 쉽게 쓰여 있음에도 등장인물의 심리를 미묘한 구석까지 묘사하고 있다는 사실이다.

에덴동산에는 두 그루의 나무가 등장한다. 한 그루는 생명의 나무고, 다른 한 그루는 지식의 나무다. 생명의 나무는 아주 거대했으므로 에덴동산에는 그 그늘이 넓게 드리워져 있었고, 키가 작은 지식의 나무는 생명의 나무를 빙 둘러싸고 있었다.

이것은 무엇을 의미하고 있는 걸까? 지식의 나무를 거치지 않고서는 생명의 나무에 접근할 수 없음을 이르고 있는 것이다. 지식의 나무란 선악을 구별할 줄 아는 나무다.

성서는 세상의 본질을 선이라 가르치고 있다. 그러나 현실적으로는 악이 존재하고 있음도 사실이다. 그 때문에 성서에 나오는 이야기를 비현실적으로 받아들일 수도 있지만, 에덴동산의 이야기는 언제부터, 왜 악이 존재하게 되었는가를 설명하고 있다. 한마디로 요약해 악은 인간이 만들어낸 것이라는 교훈을 가르치고 있는 것이다. 하나님은 선의 세상을 만드셨으나 인간은 자유로운 의사를 지니고 있는 까닭에, 하나님을 거역하여 반항하거나 선을 부식시키며 동시에 악을 존재케 할 수도 있다는 이야기다.

첫머리는 '아담은 완전한 행복을 누렸으며 주위에는 좋은 일만 있었다.'는 대목부터 시작된다. 먹을 것은 얼마든지 있었으므로 일을 하지 않아도 아무 걱정 없이 살아나갈 수 있었고, 아내인 하와를 사랑했다. 하지만 이야기의 종말에 이르러서는, 이 부부는 싸움을 시작하여 서로 반목하고 먹을 것도 없어졌으며, 마침내 낙원에서 쫓겨나 살 곳마저 잃게 된다. 그동안 무슨 일이 일어났었는가 하는 것이 가장 뜻깊은 대목인데, 행복의 절정에서 불행의 밑바닥으로 전락한 제일 큰 원인은 인간이 하나님께 반항해 악을 낳았다는 데에 있다.

　유태인들만이 이 같은 낙원의 이야기를 갖고 있는 것은
아니다. 아랍권에도 유토피아와 같은 낙원 이야기가 있지만
근본적으로 다른 점은, 아랍권의 이야기는 모두 어떻게 해
서 영원한 생명을 얻었으며, 어떻게 하면 낙원에서 살 수 있
느냐가 주제로 되어 있다는 것이다. 이를테면, 어떤 종류의
물을 마신다거나 어떤 종류의 과일을 먹으면 영원한 생명을
얻을 수 있다는 따위의 이야기이다. 이에 반해 유태인들의
이야기는 불멸의 생명을 얻고자 함이 아니라 어떻게 하면
참되고 인간다운 생활을 할 수 있는가를 강조하고 있다. 이
이야기의 또 하나의 주제는, 인간은 결코 하나님을 속일 수
없다는 것이다. 이 이야기 속에는 뱀이 등장한다. 당시 아랍
권에서 뱀은 수확을 가져오는 신으로 떠받들어지고 있었다.
그러나 성서에서 하나님은 아담과 하와에게는 말을 하지만
하와를 악에의 길로 유혹했던 뱀과는 대화하지 않는다. 뱀
은 하나님으로부터 버림받은 존재로 취급되어 있다. 아랍
이야기와는 그 취지가 전혀 다르다고 말할 수 있으며, 동시
에 하나님과 인간은 대화를 할 수 있지만 동물과 하나님, 또
동물과 인간은 차원이 다르다는 사실을 암시하고 있는 것이
라 하겠다.

　더구나 이 이야기는 인간 각자에게는 자유가 있다고 강조한다. 자신들이 살고 있는 자연이나 하나님에 대해서까지도 반항할 수 있음을 역설하는 것이다. 하지만 물론 그것은 어디까지나 일정한 규율이 뒷받침된 자유라야 한다. 또한 자유에 따른 결과는 인간 스스로가 책임져야 된다. 따라서 자유라 함은, 곧잘 파멸을 가져오기도 하는 동시에 새로운 기회를 제공하는 것이기도 하다. 요컨대 양쪽에 날이 선 칼 같다는 게 인간의 자유에 대한 유태교의 해석이다.

여자

    여자는 남자를 돕는 사람으로서 만들어진 셈이었다. 히브리어로 '돕는다'고 하는 의미는 좋을 때나 나쁠 때나 그렇다는 뜻이다. 하와는 남편을 도와주는 사람으로 만들어졌다. 성서에는 남편이 고생하고 있을 때 아내가 도와주지 않으면 결혼 생활이 제대로 이루어지지 않는다는 사실이 강조되어 있다.

    유태인들에게 제일 좋은 안식처는 가정이다. 가정이 그들의 모든 기초 단위를 이루고 있는 것이다. 그 이유는, 이 '돕는다'고 하는 사고방식이 인간 생활의 기본이 되어 있기 때문이다.

인격체

아담과 하와의 자식인 카인과 아벨 형제는 늘 싸웠다. 그러자 부모는 이들 형제를 좀 떼어 놓는 것이 좋겠다는 생각에 각기 다른 직업을 마련해주었다. 그리하여 카인은 농부가 되고, 아벨은 양치기가 되었다.

소득을 얻게 되자 두 사람은 제각기 하나님께 제물을 바치려고 가지고 왔다. 그런데 카인은 자신이 가지고 온 제물이 아벨의 것보다 뒤떨어지지 않을까 내심 두려워하고 있었다. 왜냐하면 자신이 소유하게 된 것 중 가장 좋은 것이 아닌 가장 나쁜 것을 가지고 왔기 때문이다.

하나님은 카인의 제물은 받지 않으시고, 가장 좋은 것으로 골라온 아벨의 제물만을 기꺼이 받으셨다. 그래서 두 사람 사이는 더욱 나빠졌다. 그렇지만 두 사람은 어떻게든 사이좋게 지내려고 갖가지 것을 서로 나누어 가지기로 상의한 결과, 카인은 토지를 전부 차지하고 아벨은 그 이외의 모든 것을 가지기로 했다. 그러나 사이좋게 지내기 위해 나누었음에도 두 사람의 불화는 더욱 심해져 가기만 했다. 아벨이 어디든 서 있기만 해도 카인은 "내 땅 위에 서 있지 말라. 대지는 모두 내 것이다."라고 억지를 부렸다. 그러자 아벨은 "그럼 내 의복을 돌려다오. 너는 대지밖에 가지고 있지 않으므로 옷가지는 전부 내 소유다."라고 주장했다. 또다시 싸움이 시작되었으나, 아벨이 우리는 형제이므로 앞으로는 싸움을 그만두자고 말했다. 두 사람은 헤어졌다. 그러나 카인이 돌을 집어던져서 아벨은 그 돌에 맞아 죽고 말았다.

하나님이 "네가 어찌 이런 일을 저질렀느냐?"고 묻자 카인이 대답했다.

"두 사람은 마치 경기장에 있는 투사와 같습니다. 그럴 때 한쪽 투사는 당연히 죽임을 당하게 마련 아니겠습니까? 우리의 경우는 왕이 두 투사에게 싸우기를 명령했기 때문입니다. 그러므로 책임은 두 사람을 싸우도록 지시한 왕에게 있는 것입니다. 왕은 언제라도 두 사람의 싸움을 그만두게 하여 목숨을 구할 수 있었을 겁니다. 이것은 결국 우리의 왕인 하나님의 책임이 아니겠습니까?"

하나님은 이에 답하여 "카인아, 너는 인간이므로 자유의 사를 가지고 있다. 그래서 네가 무엇을 하든 나는 말리지 않는다. 그러나 네 자신이 한 일은 스스로 책임을 져야만 된다."라고 말씀하셨다.

〈창세기〉 4장을 보면 "네가 어찌 이런 일을 저질렀느냐? 네 아우의 피가 땅에서 나에게 울부짖고 있다."라고 되어 있다. 여기서 유태인은 두 가지 사실을 깨달았다. 하나는 인간은 입으로 호소하는 경우는 있지만 피로써 호소하는 일은 없다는 것, 다른 하나는 이것은 번역서에는 명시되어 있지 않지만 히브리어의 '피'라는 단어가 복수형이라는 것이다.

물론 히브리어 자체로는 항시 단수로 사용되고 있는데, 이 경우에는 어찌 된 영문이지 아우의 피가 복수형으로 되어 있다는 점이다. 피의 복수형이 히브리어로 사용되고 있음은 아주 특이한 일이다. 그리고 보통은 입이 호소하는데, 왜 '피'가 호소한단 말인가? 어째서 기이하게도 '피'의 복수형이 사용되고 있는가? 그에 대한 유태인들의 해석은 아벨이 살아 있었다는 가정하에, 몇천 년에 걸쳐 태어났을지도 모를 수많은 자식들, 그 후손들에게까지 호소하기 때문이라는 것이다. 그 때문에 여기에는 한 인간의 생명을 빼앗는다는 것은 오로지 그 한 사람만을 죽이는 것이 아니라 숱한 인간을 죽이는 결과가 된다는 교훈이 담겨 있는 것이다.

고대에는 인간은 자신에 대해 책임을 져야만 한다고 강조했다. 하나의 자율적인 존재임을 이토록 강하게 규정한 것은 드문 사례다. 또한 여기서는 악이라는 것을 인간이 만들어내고 있음을 역설하고 있다. 카인과 아벨은 하나님이 만든 인간이기에 앞서 인간에게서 태어난 인간인 것이다. 두 형제가 하나님에게 재물을 가지고 왔다는 이야기만 하더라도, 결코 제물 바치기를 그분이 요구하지 않더라도 인간으로서 마땅히 해야 할 행위라고 설명하고 있다. 때때로 인간은 감정에 사로잡혀 하나님께 접근하려고 하지만, 어떤 중요한 욕구라 할지라도 그것을 하나님의 뜻에 상반되는 쪽으로 유도하려는 경향이 짙다.

카인이 가지고 왔던 제물은 자신이 소유한 것 중에서 가장 좋은 것이 아니었다. 그의 마음은 편협했으며, 하나님에 대한 헌신적인 정신이 없었다. 성서에서 개인이란 존재는 하나님에 대한 가장 기본적인 단위로 설정해 놓고 있다. 이것은 곧 인간을 가족의 일원이라는 차원으로 보지 않고, 진정한 하나의 개인으로서 인격을 부여하고 있다는 얘기다.

하나님께 제물을 바친다거나 찬미하는 일은 그분을 공경하는 행위이다. 카인은 제물을 가지고는 왔지만 하나님께 대한 충분한 공경심을 지니고 있지 않았다. 다만 정해진 규율에 따라 형식적인 태도만을 취했던 것이다. 하나님 앞에서는 진실한 마음만이 중요하지, 결코 제단에 무슨 제물을 가져다 바치느냐는 중요한 것이 아니다. 그러나 좋은 일을 하려고 마음을 굳히더라도 그보다 앞서 나쁜 일이 발생하는 경우는 우리 인간들 사이에서 종종 일어나는 사례들이다.

이 이야기는, 인간은 설사 형제일지라도 두 사람이 함께 있게 될 때 규율이 없으면 잘 살아갈 수 없다는 사실을 지적하고 있으며, 더 나아가 질투와 증오는 살인을 하는 데까지 발전해 하나의 악이 다시 또 새로운 악을 초래한다는 진리를 암시하고 있다. 여기서도 역시 아담과 하와의 사건과 똑같은 일이 일어난다. "야훼께서 카인에게 물으시되 네 아우 아벨이 어디 있느냐?" 그다음은 유명한 말인데, 카인은 "모릅니다. 제가 아우를 지키는 사람입니까?" 하고 대답한다. 카인은 결국 영원히 방랑해야 하는 벌을 받는다. 그는 자신이 아우를 지키는 사람은 아니라고 말하지만, 아우를 지켜야 한다고 하나님은 대답한다. 인간은 모두 형제이기 때문에 같은 형제가 고생하고 있을 때는 도와주어야 하며, 고생하는 형제를 외면해서는 안 된다고 가르치는 것이다. 또 아우의 괴로움은 자신의 괴로움이 된다고도 말하고 있다.

히브리어 사전에 따르면, '카인'이라는 어휘는 '무엇을 만든다', '무엇을 소유한다'는 두 가지 의미를 가지고 있다. 아담과 하와가 가정을 꾸려 카인과 아벨을 낳았는데, 어찌하여 카인을 살인자로 키우게 되었는가? 아담과 하와 사이에 어떤 문제점이 있었기에 한 아들은 나쁜 인간이 되고 말았을까? 거기에 대해 옛날 유태인들이 고찰했던 한 가지 설명은 이렇다.

아담과 하와가 어떤 방법으로 아이들을 양육했는지에 대해 기록되어 있지는 않지만, 자식에게 카인이라는 이름을 주었을 때 하와는 그를 부모의 것이라 생각하고 있었음이 확실하다는 것이다.

하와는 자식을 자신의 소유물로 생각해 자신의 뜻대로 키워버리는 실책을 범했다. 물론 자식은 부모의 소유물이 아니다. 단지 자식은 부모의 책임 아래 성장하는 인격체다. 부부는 자식이 착한 인간으로 자라도록 최선을 다해야 한다. 모든 인간과 사물은 하나님의 주관 안에 개개인의 자격으로 속해 있는 것이다. 부모는 자식의 동반자이지 소유자가 아니다. 그러므로 카인이 불량스러운 인간으로 자란 것은 하와의 그릇된 사고방식에서 비롯되었다고 단언할 수 있다.

아벨을 죽인 카인은 죽임을 당하지 않았다. 그때까지 사람을 죽인 사건은 없었으며, 기록으로서도 처음이었다. 실상 카인은 아벨을 죽이기로 작정하고 돌을 던졌던 것은 아니다. 계획적인 살인이 아니었기 때문에 죽음이란 형벌은 가혹하다고 판단되었던 것이다.

 늑대가 새끼 양을 해칠 때도 핑계는 항상 많다.
 – 폴러

유태인의 자녀교육,
하브루타 교육법

유태인의 자녀 교육과 관련해 '하브루타'만큼 국내에서 많은 관심을 보인 것은 없을 것이다. 하브루타는 짝을 이루어 서로 질문을 주고받으면서 공부해온 것에 대해 논쟁을 하는 유태인의 전통적인 토론 교육 방법을 말한다. 우리나라에서 하브루타 대화법, 하브루타 공부법뿐 아니라 하브루타 미술교육 등 교육 분야에 왕성하게 접목될 정도로 관심이 높다.

하브루타는 '우정, 동료'를 의미하는 히브리어인 하베르에서 유래한 용어로, 학생들끼리 짝을 이루어서 서로 질문을 주고받는 토론을 일컫는다. 주로 유태교의 경전인 탈무드를 공부할 때 쓰인다.

나이나 성별, 계급 따위로 차별하지 않고 두 명씩 짝을 지어 공부하며 논쟁을 통해 진리를 탐구한다. 이때 부모와 교사는 학생이 마음껏 질문할 수 있는 환경을 조성해준다. 그리고 가장 중요한 것은 학생 스스로 답을 찾도록 한다는 것이다.

　사실 이러한 방식의 토론은 한국 사회에서 특히나 절실히 요구되는 것이다. 주입식 교육이나 사교육, 입시 위주의 공부로 수동적인 학습을 해온 학생들이 자기 생각을 표현하고 함께 답을 찾아가며 정리할 수 있도록 해주기 때문이다. 특히 하브루타는 서로 소통을 하면서 답을 찾아가기 때문에 그 과정에서 특정 사안에 대해 다층적이고 심층적인 사고를 하게 된다. 이를 통해 새로운 아이디어를 떠올리고 문제를 해결하는 능력이 자라나는 것이다.

　하브루타에서 이루어지는 관계는 수평적인 관계로 교사, 학생 간의 관계와는 다르다는 점이 큰 장점으로 작용한다. 토론에 참여하는 각자가 토론 안건에 대해 분석하고 자신의 생각을 조직화해 상대방에게 설명하고, 다른 한편으로 상대방의 이야기에 경청하고 질문을 던지면서 때로는 전혀 생각하지 못했던 관점을 발견하기도 한다. 가정에서 부모와, 학교에서 선생님과 이러한 방식으로 대화를 함으로써 자기주도 학습능력, 사고력, 창의력을 기를 수 있다.

4차 산업혁명 시대에 인간을 대신할 인공지능이 발달하면서 창의력과 관계력의 중요성이 날로 부각되고 있다. 새로운 발상을 하고 수월하게 소통하는 능력이 더욱더 필요해지는 것이다. 창의력과 관계력은 기존에 교사가 학생에게 지식을 전수하기 위해 강의하는 것으로는 충족되기 어렵다. 지식을 암기하고 그것을 반복 학습하는 것 역시 별 도움이 되지 못한다. 그래서 하브루타식 교육 방식은 현대에 더욱 긴요하다. 앞으로는 사회적, 경제적 사안에 대한 통찰적 관점이 크게 요구될 것이기 때문이다. 하브루타는 학생들이 과제에 집중하여 분석하면서 추리력과 논증력을 키우도록 하고, 자신의 생각을 말로 표현하고 설득력 있게 논쟁하면서 생각을 넓히고 정리하는 힘을 키워준다.

유태인들은 하브루타를 방해하는 것을 예의에 어긋나는 것으로 본다. 또한 하브루타를 충실히 하기 위해서 개인적으로 연구를 게을리하지 않는다. 이제 하브루타는 우리에게도 시대적 과제이지 않을까 싶다. 실제로 한국 풍토에 맞게 하브루타를 흡수하려는 노력이 이어지고 있다.

4장

인연의
나무

사람은 사랑과 증오를 먹고 사는 동물이다.

지혜로운 인간관계를 만들기 위한 신뢰와 배려를

탈무드의 인연에서 배운다.

세 자매

먼 옛날, 각기 미모가 뛰어난 세 딸을 둔 남자가 있었다. 하지만 딸들은 저마다 한 가지 결점을 지니고 있었다. 첫째 딸은 게으름뱅이였고, 둘째 딸은 도벽이 있었으며, 막내딸은 남 헐뜯기를 매우 즐겨 했다.

어느 날 세 명의 아들을 둔 남자가 찾아와 그 딸들을 자기의 며느리로 줄 수 있겠느냐고 했다. 세 딸을 둔 남자는 결혼을 허락하며 결점에 대해 항상 신경 쓰고 주의하라고 당부했다.

시아버지가 된 남자는 게으름뱅이 며느리를 위해 여러 명의 하인을 고용했다. 그리고 도벽이 있는 며느리에게는 큰 창고의 열쇠를 주며 어떤 것이든 원하는 만큼 가져도 좋

다고 말했다. 또한 남 헐뜯기를 좋아하는 셋째 며느리에게
는 아침 일찍 일어나게 한 다음, 오늘은 누구를 헐뜯고자 하
느냐고 매일 물어보았다.

　시집간 딸들의 안부가 궁금해진 친정아버지가 어느 날
사돈네 집을 방문했다. 맏딸은 원하는 대로 실컷 게으름을
피울 수 있어 매우 행복하다고 말했고, 둘째도 갖고 싶은 물
건을 손에 넣을 수 있어 기쁘다고 말했다. 단 한 사람 막내
딸만은, 시아버지가 자신에게 정사를 요구하고 있기 때문에
괴롭다고 하소연했다. 그러나 친정아버지는 막내딸의 말만
은 믿지 않았다. 시아버지마저도 중상모략하고 있다는 사실
을 잘 알고 있었기 때문이다.

새로운 법률이 나오면 곧 새로운 범죄가 나온다.
　　　－ 서양 격언

236

헐뜯지 않는다

세상의 모든 동물들이 한자리에 모이게 되었다. 한 동물이 뱀에게 물었다.

"사자는 먹이를 쓰러뜨린 뒤에 먹고, 늑대는 먹이를 찢어 나누어 먹는다. 그런데 너는 먹이를 통째로 삼켜버리니, 그건 무슨 이유에서냐?"

그러자 뱀이 이렇게 대답했다.

"나는 그것이 남을 헐뜯는 것보다 낫다고 생
각한다. 입으로 상대방에게 상처 입히지 않으
니까."

혀 · 1

한 장사꾼이 거리거리를 누비며 "참된 인생의 비결을 살 사람 없습니까?" 하고 큰소리로 외쳐댔다. 그 소리를 들은 마을 사람들이 인생의 비결을 사기 위해 우르르 몰려들었다. 그 가운데는 랍비도 몇 명 있었다. 모두들 빨리 그것을 팔라고 재촉하자 장사꾼이 말했다.

"인생을 참되게 사는 비결은, 자신의 혀를 함부로 사용하지 않는 것이오."

 사람은 그 입의 대답으로 말미암아 기쁨을 얻나니 때에 맞은 말이 얼마나 아름다운고

– 잠언 15장 23절

혀 · 2

한 랍비가 하인에게 비싸더라도 맛있는 것을 사오라고 시켰다. 하인은 혀를 사 가지고 돌아왔다. 이틀 뒤, 랍비는 다시 오늘은 맛이 없더라도 값싼 것을 사오라고 일렀다. 그러자 하인은 이번에도 혀를 사 가지고 왔다.

랍비가 물었다.

"너는 내가 비싸더라도 맛있는 음식을 사오라고 했을 때에도 혀를 사왔고, 맛은 상관없으니 값싼 음식을 사오라고 이른 오늘도 혀를 사 가지고 왔으니, 대체 어찌 된 일이냐?"

이에 하인은 "혀가 좋은 상태의 것일 때에는 그것보다 더 좋은 게 없고, 나쁜 것일 때는 그보다 더 형편없는 것이 없습니다."라고 대답했다.

복수와 증오

한 남자가 낫을 빌려달라고 하자 상대방이 거절했다. 얼마 뒤 그 거절했던 남자가 말을 빌려달라고 찾아왔다. 하지만 상대 남자는 "네가 낫을 빌려주지 않았으니 나도 말을 빌려줄 수 없다."고 말했다.

이것은 복수다.

낫을 빌려달라는 부탁을 거절했던 남자가 말을 빌려달라고 찾아왔다. 그러자 말 주인인 남자는 말을 빌려주면서 "너는 낫을 빌려주지 않았지만 나는 네게 말을 빌려주겠다."라고 말했다.

이것은 증오다.

선과 악

대홍수가 지구를 휩쓸었을 때 온갖 동물들이 노아의 방주로 몰려왔다. 선도 황급히 뛰어왔으나 노아는 방주에 태워주지 않았다.

"나는 무엇이든 짝이 있는 것만 태우고 있다."

숲으로 되돌아간 선은 자신의 짝이 되어줄 상대를 찾아다녔다. 마침내 선은 악을 찾아내어 함께 방주로 갔다.

그로부터 선이 있는 곳에는 언제나 악이 따라다니게 되었다.

 훌륭한 머리 하나가 백 개의 강한 손보다 낫다.
– 풀러

맹인의 등불

한치 앞도 볼 수 없는 캄캄한 밤길을 한 남자가 걸어가고 있는데, 맞은편에서 등불을 켜든 맹인이 다가왔다.

"당신은 맹인인데 왜 등불을 켜들고 다닙니까?"

남자가 묻자 맹인은 이렇게 대답했다.

"이것을 들고 다니면 눈이 멀쩡한 사람들이 내가 걸어가고 있다는 것을 알 수 있기 때문입니다."

 서로 돕는 셋은 여섯 가지 부담을 견딘다.
– 조지 허버트

일곱째 사람

　한 랍비가 내일 아침에 여섯 사람을 모아 어떤 문제를 해결하겠다고 선언했다. 그러나 다음 날 아침에 모인 사람은 일곱 명이었다. 불청객이 한 사람 끼어 있었던 것이다. 불청객이 누구인지 알 수가 없자 랍비는 "이 자리에 참석할 필요가 없는 한 사람은 빨리 돌아가시오." 하고 말했다. 그러자 모인 사람들 가운데서 가장 저명한 인물이며 어느 누가 봐도 부름을 받았을 만한 사람이 자리에서 일어서더니 밖으로 나갔다. 그 인물은 왜 그렇게 행동했겠는가? 혹시라도 부름을 받지 않았거나 어떤 착오로 인해 나왔던 사람이 굴욕감을 느끼게 될 것이 염려되어 스스로 물러났던 것이다.

가정의 화평

랍비 메이어는 연설을 잘하기로 유명했다. 수백 명의 사람들이 매주 금요일 밤마다 그의 설교를 듣기 위해 몰려들었다. 그중에 그의 설교를 매우 좋아하는 한 여성이 있었다. 일반적으로 유태인 여자들은 금요일 밤이 되면 이튿날인 안식일을 위해 음식을 장만해놓곤 했다. 그러나 예의 이 여성은 랍비의 설교를 듣기 위해 모든 일을 뒤로 미루었다.

오랜 시간 계속되는 랍비의 설교를 들은 뒤 그녀는 흡족한 마음이 되어 집으로 돌아갔다. 그런데 대문 앞에서 그녀를 기다리던 남편이 내일이 안식일인데 아직까지 음식을 준비해놓지 않았다며 마구 화를 내는 것이었다.

"대체 당신은 지금 어디 갔다 오는 거야?"

남편이 물었다. 그녀는 교회에 가 랍비 메이어의 설교를 듣고 왔다고 대답했다. 아내의 대답을 듣고 더욱 화가 난 남편이 소리쳤다.

"당신이 그 랍비의 얼굴에 침을 뱉고 오기 전엔 절대 집에 들여놓지 않겠어!"

아내는 어쩔 수 없이 친구에게 찾아가 얹혀 있는 처지가 되었다. 그 소문을 전해 들은 메이어는 자기가 설교를 지나치게 오래 했기 때문에 한 가정의 화평이 깨어진 것이라고 자책하며 그녀를 불렀다. 그러고는 눈이 몹시 아프다고 호소하며 "이건 침으로 씻어야 나을 수 있어요. 그것이 약이 될 것입니다. 그러니 부인께서 좀 씻어내 주시오." 하고 말했다. 그러자 그녀는 그의 눈에 침을 뱉었다.

그것을 본 제자들은 "선생님께선 그처럼 고명하신 랍비인데, 왜 여성이 얼굴에 침을 뱉도록 그냥 두셨습니까?" 하고 질문을 했다. 그러자 랍비가 대답했다.

"가정의 화평을 되찾기 위한 일이라면 그게 무엇이든 해야 한다."

질서

어떤 여성을 짝사랑하고 있는 남자가 있었다. 병을 얻은 남자를 진찰해본 의사가 말했다.

"이것은 사랑을 이루지 못해 생긴 병이니, 상대 여성과 성 결합을 가지면 틀림없이 완쾌될 거요."

그래서 남자는 랍비를 찾아가 의사의 말을 그대로 전하며 어떻게 하면 좋겠느냐고 상의했다. 랍비는 결단코 그와 같은 성 교섭을 해서는 안 된다고 말했다.

만일 그 여성이 그의 병을 고쳐주기 위해 아무것도 입지 않은 알몸으로 그의 앞에 선다면 그의 우울함이 걷혀 병도 나을 것이므로 좋은 방법이 아니냐고 누군가가 묻자, 랍비는 그것 또한 안 된다고 했다.

이번엔 다른 사람이 물었다.

"그가 그녀와 담을 사이에 두고 마주 서서 이야기만 주고받는다면 어떻겠습니까?"

랍비는 그것 역시도 안 된다고 했다.

〈탈무드〉에는 이 여성의 혼인 여부는 밝혀져 있지 않다. 하지만 그 남자를 비롯한 많은 다른 사람들이 "랍비께선 왜 그토록 단호하게 모든 제안을 반대하십니까?" 하고 항의하자 랍비는 "우선 모든 인간은 순결해야 한다. 만일 사모한다는 이유를 앞세워 곧바로 성 교섭을 갖는다면 사회 질서는 엉망이 되어버릴 것이다."라고 대답했다.

 많은 남자들이 옷도 고를 수 없는 어두운 불빛 속에서 여자와 사랑에 빠지곤 한다.

– 모리스 슈발리에

천국과 지옥

어떤 청년이 아버지에게 살찐 닭을 요리해다 주었다. 아버지는 "이 닭을 어디서 났느냐?"라고 물었다. 그러자 아들은 "아버지, 그런 데 마음 쓰지 마시고 어서 많이 드세요." 하고 대답했다. 아버지는 더 이상 묻지 않았다.

한 청년이 물방앗간에서 가루를 빻고 있었다. 그때 국왕이 나라 안에 있는 방앗간 주인들을 일제히 소집한다는 포고령을 내렸다. 아들은 아버지에게 물방앗간 일을 부탁하고 성 안으로 들어갔다.

이들 두 아들 중에 어떤 사람이 천국에 가고 어떤 사람이 지옥에 가겠는가? 또 그 이유는 무엇인가?

두 번째 경우의 아들은 왕이 일꾼들을 모아 혹사시키고 매를 때리며 좋지 않은 음식을 줄 것이라는 사실을 알고서 자신이 아버지 대신 갔으므로 천국으로 갈 수 있었다. 그러나 아버지에게 닭을 가져다준 아들은 아버지가 묻는 말에 충실히 대답하지 않았으므로 지옥으로 갔다.

진실을 다해 대하지 않으려면 아버지에게 일을 시키는 편이 오히려 낫다.

⬥ 어떤 문제도 올바르게 해결되기 전에는 결코 해결된 것이 아니다.

– 윌콕스

어머니

한 랍비가 어머니와 함께 길을 걷고 있었다. 울퉁불퉁해 걷기에 매우 힘든 자갈밭에 이르자 랍비는 자신의 손을 펴서 어머니가 걸음을 옮길 때마다 그 발밑을 받쳐주었다.

이것은 양친이 등장하면 반드시 아버지가 먼저 얘기되는 〈탈무드〉 중에서 유일하게 어머니만 나오는 단 하나의 이야기이며, 어머니도 아버지와 똑같이 존귀하다는 교훈을 담고 있다.

하지만 양친이 동시에 물을 마시고 싶다고 하면 먼저 아버지한테 가져가야 한다. 왜냐하면 어머니도 아버지를 존귀하게 여겨야 할 처지이므로, 어머니에게 먼저 가져다준다 하더라도 다시 아버지에게 넘겨줄 것이기 때문이다.

어울리지 않는 어울림

양과 호랑이가 한 우리 안에서 살 수 있을까? 답은 '그럴 수 없다.'이다.

인간 역시 마찬가지다. 시아버지와 며느리는 한 집에서는 살 수 있되 한 방에서 지낼 수는 없는 것이다.

 모든 인간은 자기 인생의 인쇄업자이자 조각가다.
– 성 요한 크리소스톰

맹세의 편지

한 청년과 미모의 아가씨가 서로 사랑하게 되었다. 청년은 일생 동안 성실할 것임을 아가씨에게 맹세했다. 얼마 동안은 모든 일이 순조로워 두 사람은 행복한 나날을 보낼 수 있었다.

그러던 어느 날 청년이 아가씨를 남겨두고 길을 떠나게 되었다. 그녀는 그가 돌아오기만을 기다렸지만 그는 웬일인지 오랜 시간이 흘러도 돌아오지 않았다. 친구들은 그녀를 가엾게 여겼다. 그녀를 시기하는 사람들은 절대 그가 돌아오지 않을 거라며 조소했다. 그녀는 매일 그가 일생 동안 자기에게 성실하겠노라 맹세했던 편지를 꺼내어 보며 울었다. 그 글은 그녀를 위로하고 그녀의 힘이 되어주었다.

어느 날 마침내 그토록 그리던 청년이 돌아왔다. 그녀는 오랫동안의 슬픔을 연인에게 호소했다. 그처럼 고통스러웠는데 어째서 정절을 지켜왔느냐고 청년이 묻자, 그녀는 눈물 어린 미소를 지어 보였다.

"나는 이스라엘과도 같아요." 이스라엘이 다른 나라의 지배하에 있을 때 모든 사람이 유태인을 멸시했다. 이스라엘이 독립한다는 이야기를 들으면 사람들은 유태의 현인들을 비웃었다. 그러나 유태인들은 학교나 회당에서 굳게 이스라엘을 지켜왔다. 그들은 하나님께서 자기들에게 주신 맹세를 거듭 읽었고, 그 안에 포함된 성스러운 약속을 믿었다. 결국 하나님께선 약속을 지키셨는데, 그처럼 그녀도 맹세의 편지를 거듭 읽으며 연인이 돌아올 것을 믿고 기다렸으므로 이스라엘과 같다고 한 것이다.

 내 비장의 무기는 아직 이 손 안에 있다. 그것은 희망이다.
– 나폴레옹

권유

　평판 좋고 자선심도 많은 데다 예의 바른 한 유태인이 있었다. 그러나 그는 유태의 공동체적인 활동은 전혀 하지 않고 있었다. 어느 날 나는 호텔에서 그와 식사를 함께 할 기회를 갖게 되었다. 유태 사회에는 사업을 하는 사람을 만나게 되면 '요즘 어떻습니까? 사업은 잘됩니까?' 따위의 인사를 하고, 랍비를 만났을 때에는 '무슨 재미있는 책을 읽으셨습니까?' 하는 식으로 묻는 관습이 있다.

　배우는 것을 직업으로 하고 있는 랍비는 언제 어디서든 뭔가를 얘기할 수 있도록 주머니 속에 여러 가지 얘깃거리를 넣어 가지고 다니는 것이다. 과연 그는 나를 만나자 최근에 재미있는 책을 읽었느냐고 물었다. 나는 "요근래에 〈탈무드〉에서 대단히 재미있는 이야기를 발견했는데, 당신도 〈탈무드〉를 공부할 때 그 대목을 읽어보시도록 권하고 싶습니다." 하고는 이야기를 시작했다.

모두로부터 존경받는 훌륭한 랍비 한 사람이 있었다. 고결하고 친절하고 자애로운 사람이었다. 섬세한 감정의 소유자인 데다 하나님을 깊이 공경하는 그는 혹 개미 한 마리라도 밟지 않을까 조심해서 걸었고, 하나님이 창조하신 것을 실수로라도 파괴하지 않도록 주의하며 생활하고 있었다.

80세를 넘어서자 그의 육체는 갑자기 쇠잔해졌다. 물론 그 자신도 그것을 알아차렸고, 이윽고 죽을 때가 가까워졌음을 깨달았다. 제자들이 머리맡에 모여들자 그는 울기 시작했다. "스승이시여, 왜 우십니까?" 하고 그의 수제자가 물었다.

"스승님께선 공부하는 것을 잊은 날이 하루라도 있었습니까? 깜빡 잊고 가르치지 않은 날이 있었습니까? 스승님은 이 나라에서 가장 존경받고 있는 훌륭한 분이십니다. 게다가 정치 세계와 같은 더럽혀진 곳에 발을 들여놓으신 적도 없잖습니까? 스승님께서 울어야 할 이유라고는 정말이지 아무것도 없을 겁니다."

이에 랍비는 더 큰소리로 울고 나더니 말했다.

"바로 그렇기 때문에 나는 울고 있는 것이다. 죽는 순간에 하나님께서 '너는 공부했느냐? 너는 기도했느냐? 너는 자선을 베풀었느냐? 너는 바른 행실을 했느냐?'고 묻는다면 나는 모든 질문에 '네.'라고 대답할 수가 있다. 그러나 보편적인 인간 사회에 끼어들어 생활했는가를 묻는다면 '아니오.'라고 대답할 수밖에 없다. 그래서 우는 것이다."

결과적으로는, 자기 일에서는 성공을 거두고 있지만 유태 사회에는 얼굴조차 내밀지 않는 앞의 예의 바른 사나이에게 이 〈탈무드〉 이야기를 해주어 유태 사회의 생활에 참가하면 어떻겠느냐고 권유한 것이다.

 공동체는 배와 같다. 모든 사람이 키를 잡을 준비가 되어 있어야 한다.

– 헨릭 입센

실질적인 이득

길을 가던 몇몇 랍비가 사람의 골수까지도 빨아먹을 만큼 교활하고 잔인무도한 무리와 맞닥뜨리게 되었다. 한 랍비가 이런 악한들은 모조리 물속에 빠져 죽어버렸으면 좋겠다고 말했다. 그러나 그들 중에서 가장 현명한 랍비가 말했다.

"아닐세, 유태인은 그런 생각을 해서는 안 되네. 아무리 이들이 죽어 마땅할 만큼 잔인한 인간들이라 생각되더라도 그런 기원은 하지 말아야 하네, 악인들의 멸망을 기원하기보다는 그들이 회개하기를 기원해야 하는 것이지."

악한들을 단죄하는 것은 이편에 아무런 이득도 되지 않는다. 그들을 회개시켜 같은 편에 서게 하지 않는 한 손해가 될 따름이다.

여성 상위

한 선량한 부부가 그만 이혼을 하게 되었다. 남편은 오래 지 않아 재혼했는데 불행하게도 못된 여자를 만나 새로 얻은 아내와 똑같이 못된 남자가 되어버렸다.

얼마 뒤 아내도 재혼하게 되었는데 그녀 역시 못된 사람을 남편으로 맞게 되었다. 하지만 못된 남편은 그녀와 똑같이 착한 남자가 되었다. 남자는 언제나 여자가 조종하는 대로 움직이는 법이다.

 남자는 수치에 목숨을 걸고 여자는 남자를 위해 목숨을 건다.

– 나치렌

위기를 극복한 부부

결혼한 지 10년이 된 부부가 있었다. 겉보기에는 금슬이 좋은 부부로 매우 행복해 보였다. 그러나 어느 날 남편이 이혼을 해야 할지 말아야 할지 모르겠다며 나를 찾아왔다. 그들 부부를 잘 알고 있던 나는 설마 그들의 결혼 생활이 원만치 못했으리라고는 생각할 수 없었다.

남편은 아내와의 사이에 아이가 없다는 이유로 친척들로부터 헤어지라는 강요를 받았다고 말했다. 유태의 전통에 따르면, 결혼 후 10년이 지나도록 아이가 없으면 이혼할 권리가 보장되는 것이다. 그들 부부는 헤어져야 한다는 큰 문제 앞에서 심각했지만, 남편의 가족들로부터 매우 강한 압력을 받고 있었기 때문에 어쩔 방도가 없었다. 그리하여 남편이 먼저 나와 의논하기 위해 찾아온 것이었다.

　그다음에 그 두 사람이 함께 찾아왔을 때 나는 그들 부부가 여전히 서로 사랑하고 있다는 사실을 알게 되었다. 일반적으로 랍비들은 이혼에 대해서는 언제든지 일단 반대를 한다. 그 이유는, 한 번 나쁜 아내를 얻은 사람은 헤어진다 하더라도 그와 똑같은 잘못을 무의미하게 반복하게 되어 또다시 그런 아내를 얻게 된다는 사실을 잘 알고 있기 때문이다.

　남편은 사랑하는 아내와 이혼을 해야 하지만 아내에게 이혼당하는 굴욕감을 안겨주고 싶지 않아서 될 수 있는 한 평화롭게 헤어지기를 원하고 있었다. 이에 나는 탈무드적인 발상법을 도입했다. 그래서 남편에게 아내를 위해 성대한 잔치를 열고 그 자리에서 10년 동안이나 같이 살아오는 동안 아내가 얼마나 훌륭했는가를 여러 사람들 앞에서 이야기하도록 권유했다. 그는 나의 조언을 진심으로 기뻐했다. 왜냐하면 그 자신이 아내를 싫어하기 때문에 헤어지는 것이 아니라는 사실을 어떤 방법으로든 분명하게 밝혀두고자 다짐하고 있었기 때문이다. 나는 바로 그 점에 올가미를 달아놓은 것이다. 그는 헤어지는 아내에게 무엇인가를 선물하고 싶다고 말했다. 내가 어떤 것을 줄 생각이냐고 묻자, 그는 아내가 진정으로 오랫동안 귀중하게 여길 수 있는 것을

주고 싶다고 대답했다. 나는 "내가 가지고 있는 모든 것을 주겠소."라고 아내에게 권할 것을 그에게 충고했다. 그리고 아내에게도 같은 내용의 이야기를 해주었다.

이윽고 잔치가 끝나자 남편은 나의 조언대로 아내에게 뭐든지 갖고 싶어하는 것 하나를 주겠다고 말했다.

다음 날 아침 내가 입회한 자리에서 그녀는 자기가 갖고 싶은 것을 남편에게 이야기하도록 되어 있었다. 그 자리에서 그녀는 오로지 하나, 남편을 택했고, 결국 두 사람은 이혼을 취소했다. 그 후 그들 부부 사이에서는 두 명의 아기가 태어났다.

결혼을 앞둔 딸에게

사랑하는 나의 딸아, 네가 남편을 왕처럼 받든다면 남편은 너를 여왕처럼 대접할 것이다. 하지만 네가 하녀처럼 행동한다면 남편도 너를 노예처럼 다룰 것이다.

네가 지나치게 높은 자존심으로 인해 남편에게 봉사하지 않는다면 남편은 자기 힘을 동원해 너를 계집종으로 삼고 말 것이다.

남편이 친구를 찾아갈 때에는 그에게 목욕을 권하고 몸치장을 정성껏 하여 내보낼 것이며, 남편의 친구가 찾아오면 힘 닿는 한 최대한 융숭히 대접해야 한다. 그렇게 한다면 남편은 너를 귀히 여길 것이다.

언제나 가정에 마음을 쓰고, 남편의 물건들을 소중하게 다루어라. 그러면 남편은 기꺼이 네 머리 위에 애정의 왕관을 바칠 것이다.

만약 남자가 아이를 낳아야 한다면 어떤 소심한 남자가 그것을 할지 생각해보라. 여자는 모두 우수한 종이다.

– 조지 버나드 쇼

감사

최초의 인간인 아담은 빵을 먹기까지 밭을 갈고, 씨를 뿌리고, 키우고, 거두어들이고, 빻아서 가루를 만들고, 반죽하고, 굽고 하는 등의 열다섯 단계를 밟지 않으면 안 되었다. 그러나 오늘날에는 돈만 있으면 빵 가게에 가서 완성되어 있는 빵을 얼마든지 살 수가 있다. 옛날에는 혼자서 해야 했던 열다섯 단계의 일을 오늘날에는 수많은 사람들이 나누어 하고 있는 것이다. 따라서 빵을 먹을 때는 그 많은 사람들에게 감사하는 마음을 가져야 한다.

혼자였던 인류 최초의 사람은 자기 몸에 걸칠 옷을 만들기 위해 대단한 노력을 기울였다. 양을 잡아다가 키우고, 털을 깎고, 실을 뽑고, 옷감을 짜고, 꿰매어 입기까지 많은 수

고를 감수해야만 했다. 그러나 오늘날에는 돈만 있으면 옷 가게에 가서 마음에 드는 옷을 얼마든지 사 입을 수가 있다. 옛날에는 혼자서 해야 했던 일을 지금은 수많은 사람들이 대신 해주는 것이므로 옷을 입을 때에도 늘 감사하는 마음을 가져야 한다.

 누군가는 먹을 것이 있어도 먹을 수 없고, 누군가는 먹고 싶어도 먹을 것이 없다. 그러나 우리는 먹을 것도 있고, 먹을 수도 있다. 그러니 신께 감사하라.

– 로버트 번스

일곱 가지 계율

〈탈무드〉 시대의 유태인들이 비유태인과 더불어 일하고 생활하는 것은 흔히 있었던 일이다. 유태인들에게는 천사가 지키라고 제시한 613가지의 원칙이 있었지만, 비유태인들을 유태화시키려고 하지 않았던 유태교에서는 선교사를 파견하거나 하진 않았다.

다만 상호 간에 평화 관계를 지속하기 위해서 비유태인에게 일곱 가지만 지켜달라는 요청을 했다.

첫째, 살아 있는 짐승을 죽인 다음 곧 날고기를 먹지 말라.

둘째, 남의 험담을 하지 말라.

셋째, 도둑질을 하지 말라.

넷째, 법을 어기지 말라.

다섯째, 살인을 하지 말라.

여섯째, 근친상간을 하지 말라.

일곱째, 불륜 관계를 맺지 말라.

 남을 너그럽게 받아들이는 사람은 항상 사람들의 마음을 얻게 되고, 위엄과 무력으로 엄하게 다스리는 자는 항상 사람들의 노여움을 사게 된다.

– 세종대왕

작별 인사

    매우 긴 여행으로 인해 피로와 굶주림에 지치고 목이 타는 듯한 갈증에 시달리며 오랜 시간 사막을 걷던 여행자가 이윽고 나무가 우거진 곳에 당도했다. 나무 그늘 아래 앉아 휴식을 취하며 잘 익은 과일로 굶주린 배를 채우고 옆에 있는 물을 마시고 난 그는 흡족스러운 숨을 내쉬었다. 그러나 여행을 계속하기 위해 이내 길을 떠나야만 했다. 그는 그늘을 드리워준 나무에 큰 고마움을 느껴 "나무야 고맙다. 어떻게 보답을 해야 할까? 너의 열매가 달게 해달라고 기도하고 싶지만 너는 벌써 그것을 가지고 있고, 네가 더욱 잘 성장하도록 넉넉한 물이 있게 해달라고 기도하고 싶어도 네게는 그 물마저 충분하구나. 그러므로 내가 너를 위해 기도할

수 있는 것은, 네가 될수록 많은 열매를 맺고 그 열매의 씨가 심어져 많은 나무가 되어 너처럼 아름답고 훌륭하게 성장하도록 해달라는 것 한 가지뿐이구나." 하고 말했다.

당신이 작별하는 사람을 위해 무엇인가 기도하고 싶을 때 그가 보다 슬기롭게 되도록 기도하려 해도 이미 그가 더할 수 없이 슬기롭고, 부자가 되도록 기도하려 해도 그가 충분한 부자이며, 누구나 좋아하는 선한 사람이 되도록 기도

하려 해도 그가 바랄 데 없이 선한 사람일 경우, 다음과 같이 기도하는 것이 가장 지혜롭다.

"당신의 자녀들이 당신처럼 훌륭한 사람으로 성장하기를 기도하겠습니다."

 젊은 여성은 아름답다. 그러나 늙은 여성은 더욱 아름답다.
  – 휘츠먼

형제애

　두 형제가 다투고 있었다. 서로 자기 의견만이 옳다고 주장하며 싸우는 것이 아니라 어머니의 유언이 그 원인이었다. 어머니 유언에 대한 그들 형제의 해석은 나름대로 일리가 있었다. 이 두 사람은 어렸을 때부터 전쟁 중의 독일, 러시아, 시베리아, 만주 등지를 함께 유랑해 다녔기 때문에 매우 사이가 좋은 형제였는데, 예의 유언을 둘러싸고 싸움이 일어나 서로 헐뜯고 반목하는 바람에 형은 동생을, 동생은 형을 잃고 말았다. 그들은 이제 서로 얘기도 나누지 않고, 같은 방에는 결코 있으려 하지도 않았다.

　어느 날 그들은 각자 나를 찾아와 형은 동생을, 동생은 형을 잃은 것을 슬퍼하며 싸울 의사는 없었다고 하소연했다. 아메리칸 클럽에서 개최하는 회합에 강사로 초청되어 나가게 된 나는 주최자에게 두 형제를 서로 모르게 파티에 초대해달라고 간청했다. 평상시 같으면 얼굴을 마주치게 되자마자 이내 등을 돌려버리곤 했던 두 사람이었지만 그날은 초청자의 체면을 세워주어야 하는 처지에 놓이게 되어 형제 모두 돌아가지 못하고 어쩔 수 없이 합석하게 되었다. 나는 인사를 마친 뒤 다음과 같은 〈탈무드〉 이야기를 해주었다.

옛날 이스라엘에 두 형제가 살고 있었다. 형은 결혼하여 아내와 자식이 있고, 동생은 아직 미혼이었다. 근면 성실한 농부인 두 사람은 아버지가 죽자 재산을 나누기로 하고, 수확한 사과와 옥수수를 똑같이 절반으로 갈라서 각자 자기 창고에 보관했다. 밤이 되자 '형님에게는 아내와 아이들이 있으니 힘들고 어려운 일도 그만큼 많을 거야. 내 것을 좀 더 나누어 주어야겠어.' 하고 생각한 동생이 형의 창고에 꽤 많은 양의 사과와 옥수수를 가져다 놓았다.

형도 역시 '나는 자식들이 있으니 노후를 걱정할 필요가 없지만 혼자 사는 동생은 스스로 비축해두어야 될 거야.' 하는 생각에 옥수수와 사과를 동생의 창고로 옮겨 놓았다. 아침이 되자 잠에서 깨어난 형제는 각기 창고에 가보았다. 하지만 어제와 똑같은 분량의 사과와 옥수수가 그대로 놓여 있는 것이었다. 다음 날 밤에도, 또 그다음 날 밤에도 같은 일이 사흘이나 반복되었다. 바로 그다음 날 밤, 각기 상대방 창고로 사과와 옥수수를 옮기던 그들 형제는 도중에 마주치고 말았다.

비로소 서로를 얼마나 생각해주고 있었던가를 깨달은 두 형제는 가져가던 것을 내던진 채 끌어안고 울었다. 이들 두 형제가 서로를 끌어안고 울었던 장소는 오늘날까지도 예루살렘에서 가장 존귀한 곳으로 전해지고 있다.

나는 그 아메리칸 클럽에서 혈육의 정이 얼마나 소중한가를 강조했고, 그 결과 오랫동안 반목해왔던 두 형제는 잃어버렸던 형제애를 되찾았다.

 우정은 사랑과 마찬가지로 잠시 동안의 단절로 강화될 수 있을지 모르나, 오랜 부재에 의해 파괴된다.
– 사무엘 존슨

친구와 우정

아내를 선택할 때는 한 계단 아래로 내려가고, 친구를 선택할 때는 한 계단 위로 올라서라.

화내고 있는 친구는 달래려 하지 말고, 슬퍼하고 있는 친구는 위로하려 하지 말라.

만일 친구가 채소를 가지고 있다면 고기를 주어라.

친구가 꿀처럼 달다 하더라도 모조리 핥아버려선 안 된다.

 삶에서 모든 인간이 다른 이에게 미치는 영향은 영원하다.
– 존 퀸시 애덤스

죄

인간은 누구든지 죄를 짓는다. 그러므로 유태의 가르침에는 동양 도덕에서처럼 엄격하고 긴장된 느낌은 없다. 죄를 지었어도 유태인은 유태인인 것이다.

예를 들어 화살을 과녁에 맞힐 능력이 충분함에도 맞히지 못할 수 있는 것처럼, 본래 저지를 리가 없는데도 어쩌다 저질러졌다는 것이 유태인이 생각하는 죄의 관념이다.

유태인들은 죄에 대한 용서를 빌 때 결코 '나'라 하지 않고 '우리'라고 한다.

유태인들은 모두를 한 집안의 대가족으로 생각하고 있으므로, 비록 혼자 죄를 저질렀어도 모두가 죄를 저지른 것이 된다. 따라서 자신은 도둑질을 하지 않았다 하더라도 도둑질이라는 행위가 저질러진 것에 대해 하나님께 용서를 빌어야 한다. 그것은 자신의 자선이 부족해서 일어난 일이라고 여기기 때문이다.

 범죄를 저지르면 그에 대한 응분의 대가를 치르게 되어 있다. 그렇지 않으면 애당초 범죄라는 것이 존재하겠는가.

– 고든 G. 리디

거짓말

특별한 경우라면 거짓말도 용서받을 수 있을까?

〈탈무드〉에 따르면 다음과 같은 두 가지 경우에는 거짓말을 하라고 했다.

첫째, 누구든 이미 사버린 물건에 대해 의견을 물어올 때 설령 그 물건이 별로 좋지 않은 것이라 할지라도 좋다고 거짓말을 해야 한다.

둘째, 친구가 결혼했을 때 비록 신부가 뛰어난 미인이 아닐지라도 반드시 굉장한 미인이라고 말하며 행복을 기원해야 한다.

간음

〈탈무드〉 시대의 타 민족들에게는 만일 아내가 남편 아닌 남자와 성관계를 가졌을 경우, 이는 물론 남편에 대한 죄이므로 남편은 아내와 아내의 정부에게 어떤 판결을 내려도 좋도록 되어 있었다. 남편은 아내와 정부에게 벌을 줄 수도 있고 용서를 베풀 수도 있었던 것이다. 하지만 그런 행위를 하나님에 대한 모독이라고 여기는 유태인 사회에서는 남편에게 벌을 내리거나 용서할 아무런 권한도 주어지지 않았다. 그것은 유태인을 유태인이게 하는 우주의 율법에 대한 죄이기 때문이었다. 다시 말해 인간에 대한 죄가 아니고 하나님께 죄를 지은 것으로 생각했던 것이다.

부부 싸움

미군 군목으로 부임해 있는 랍비들의 경우, 대개가 유태 신학교를 갓 졸업한 청년들이다. 그러므로 나이가 든 나는 지도자와 같이 여겨져서, 무슨 문제가 발생하면 그들은 나의 견해를 듣기 위해 내 집을 방문하거나 전화를 걸어 온다.

어느 날 젊은 랍비가 나를 찾아왔다. 그는 싸움 중인 한 부부를 동반하고 있었다. 나는 그들 부부에게 두 사람의 랍비가 얘기를 들어도 되겠느냐고 물어 승낙을 얻었다. 부부 간의 문제를 상담할 때는 그들을 함께 앉혀 놓고 들으면 안 된다. 서로 자기 주장만 내세우기 때문에 반드시 두 사람을 따로 불러 상담을 해야 한다. 한 사람씩 따로 떼어서 이야기를 들으면 대개의 경우 서로가 서로를 생각하며 아껴주고 있다는 사실을 분명히 알 수 있다. 그러므로 인내심과 동정심을 가지고 그들 문제에 접근해 나가면 대부분의 일은 해결된다. 그때도 나는 우선 남편의 이야기를 듣고 난 다음 그의 주장을 전부 인정하고 동의를 표했다. 다음에는 아내를 불러들였다. 그녀의 이야기를 참을성 있게 듣고 난 나는 이번에도 그녀가 주장하는 게 모두 옳다고 인정해주었다.

두 사람이 나간 뒤 나는 그 젊은 랍비에게 당신이라면 이런 식으로 해결하겠느냐고 물었다. 그러자 그는 "저는 도저히 납득할 수가 없습니다. 선생님께서는 남편의 이야기를 들었을 때에는 남편이 모두 옳다고 인정했고, 아내 쪽 주장을 들었을 때 역시 모두 수긍하며 옳다고 인정했습니다. 두 사람은 전혀 다른 주장을 내세우고 있는데 어떻게 그들의 주장이 모두 옳을 수 있겠습니까?" 하고 의문을 표시했다. 나는 당신의 지금 이야기가 가장 옳다고 말했다.

이러한 해결 방법을 어떻게 생각할 것인가? 나를 줏대 없는 사람이라고 몰아붙일 것인가?

여러 사람이 여러 가지 서로 다른 주장을 가지고 상담을 요청해왔을 경우, 당신이 옳고 당신이 틀렸다 따위의 단정적인 판결을 해서는 안 된다는 것이 나의 생각이다. 그와 같은 단도직입적인 판결은 쓸데없는 마찰만을 불러일으킬 뿐이다. 이런 경우에는 쌍방의 열전 상태를 냉각시키는 데 관심을 두어야 하는 것이다. 그러기 위해서는 쌍방의 주장을 모두 수긍해주는 것이 필요하고, 그렇게 함으로써 서로가 냉정을 되찾고 서서히 화해의 길을 모색할 수가 있는 것이다. 따라서 이런 유형의 문제가 발생했을 때에는 어떤 주장이든 상대방의 얘기를 잘 들어주고 수긍해주는 것이 가장 중요하다.

 평화를 조성하는 것은 전쟁에서 이기는 것보다 더 어렵다. 평화가 제대로 조성되지 않으면 승리의 열매를 잃어버리게 된다.
– 아리스토텔레스

섹스의 세계

　올바르고 깨끗하게 행해지는 성행위는 기쁨이므로 그 관계에 있어 '더럽다'는 말을 들을 만한 행위를 해서는 안 된다.

　〈탈무드〉에는 '모든 교사와 랍비에게는 아내가 있어야 한다.'라는 말이 있는데, 아내를 거느리지 않으면 완전한 인간이 될 수 없다는 관념에서 비롯된 말이다.

　〈탈무드〉에서는 섹스를 생명의 강이라 말하고 있다. 강이 난폭해지면 홍수를 일으키고 갖가지 것들을 파괴하게 되지만, 반면에 갖가지 결실을 맺도록 하고 상쾌한 기분을 느끼게도 하는 등 세상에 도움이 되는 일도 하는 것이 강이기 때문이다.

　남자의 성적 흥분은 시각에 의해서 얻어지고, 여자의 성적 흥분은 피부 감각에 의해 얻어진다. 〈탈무드〉에서는 남자에게 여자를 어루만질 때 주의하라 이르고, 여자에게는 옷차림에 주의하라 가르치고 있다. 계율이 엄격한 유태인 사회에서는 장사꾼이 거스름돈을 내줄 때도 상대가 여성일 경우 절대 손으로 직접 건네주지 않고 반드시 어딘가에 놓아서 그것을 집어가게 한다. 또한 계율을 존중하는 이스라엘 여성들은 미니스커트 같은 옷은 절대 피하고, 긴 소매의 상의에 긴 스커트를 입는다.

랍비는 남자가 절정에 이를 때와 여자가 절정에 이를 때 사이에는 시간적인 차이가 있다는 것을 주의시킨다. 남자는 여자가 미처 흥분하기도 전에 끝마칠 수가 있는 것이다.

또한 아내의 승낙 없이 품에 안는 것은 강간과도 같은 일이므로, 남편은 성관계를 원할 때마다 아내를 설득해야 한다. 다정하게 이야기를 나누고 부드럽게 애무해주는 시간을 충분히 가져야 하는 것이다. 아내가 생리 중일 때에는 성관계를 할 수 없고, 생리가 끝난 뒤에도 7일 동안은 금하고 있다. 부부라고 해도 그동안은 절대 안을 수가 없는 것이다. 그러므로 그동안 남편은 아내를 향한 그리움이 깊어져 계율의 날이 끝났을 때의 부부는 항상 신혼 때와 같은 관계를 유지할 수가 있다.

유태인의 사고 구조,
이디쉬 코프

탈무드에 등장하는 각양각색의
이야기를 접하면서 그 기지나 재치에 놀라게 된다. 절망적
인 상황에서도 지혜를 발휘해 그 상황을 역이용하거나 타
개해나간다. 이처럼 난관을 극복해나가는 유태인들의 지혜
의 정수로 꼽히는 것이 이디쉬코프(Yiddishe Kop)이다. 그들
이 기나긴 환란의 역사 가운데서 잃지 않고, 잊지 않고 이어
온 것을 단 한 마디로 표현하자면 바로 이디쉬 코프라고 할
수 있다. 이것은 직역하면 '유태인의 머리'라는 뜻인데 의미
하는 범위가 상당히 넓어서 한 마디로 정의를 내리기는 어
렵다. 브라질의 랍비인 닐튼 본더는 이 말을 '생각해내기 불
가능해 보이는 아이디어를 얻으려고 하는 것'이라고 표현하

기도 했다. '모두가 희망이 없다며 포기하려 할 때 이를 거부하고 힘이 아닌 지혜로 주어진 상황을 타개하는 아이디어를 내는 것'이라 할 수 있다. 그야말로 험난한 인생길, 복잡한 세상사에서 가장 필요한 능력이라 아니할 수 없다.

구전되어온 이디쉬 코프를 정리한 책 〈더 룰(The Rule)〉에 따르면, 이디쉬 코프의 다섯 가지 요소는 실천두뇌 능력, 무제한 사고방식, 학습광(狂) 기질, 국경초월 의식, 마음 우선 사상이다.

첫째, '실천두뇌 능력'은 지식은 반드시 실제와 함께해야 한다는 것이다. 실제와 무관한 이론을 나열하는 것은 아무 도움이 안 된다는 사상이다. 한마디로 '두뇌를 현장에 심어라'라는 것이다. 유태계 물리학자인 리처드 파인먼이 대표적인 예다. 파인먼은 도표나 그림으로 물리학 이론을 쉽게 설명했는데 그는 현실을 설명해줄 수 있는 이론만이 가치가 있다고 생각했다. 그리하여 파인먼은 기존의 틀을 깨고 자기 방식으로 학문적 성과를 표현했고 일약 학계의 유명인사가 되었다.

둘째, '무제한 사고방식'은 말 그대로 생각에 제한을 두지 않는 것이다. 이것은 나 자신에 대해서뿐만이 아니다. 유태 경전에는 "서로의 의견 차이를 개인적인 공격으로 오해

하지 말라"는 내용이 있다. 문제를 해결하고 타협을 이루는 데 굉장히 중요한 요소이다.

셋째, '학습광 기질'은 미쳐야 볼 수 있다는 것이다. 유태인들은 지적인 흥미에 몰입하는 것을 즐긴다. 그들은 이러한 과정을 통해 수많은 발견과 발명을 해왔다. 아르헨티나로 이민 간 유태인 라즐로 비로는 잉크를 일일이 찍어서 글을 쓰는 것에서 탈피하고자 고민을 거듭하다 볼펜을 발명했다. 전자오락에 빠져 있던 유태인 빈트 서브와 로버트 칸은 인터넷의 핵심인 프로토콜을 발명했고, 역시 유태인인 앤드루 비터비는 수학적 알고리즘에 몰입하다가 휴대전화의 원리를 발명해냈다.

넷째, '국경 초월 의식'은 하늘을 나는 자유로운 새로 이미지화할 수 있다. 새에게 국경이 있을까. 이는 특히나 나라 없던 민족인 유태인에게 어울리는 사고방식이다. 유태인은 어느 문화권에 속하든 기어이 적응해냈고 그곳에서 서로 끈끈한 네트워크를 구축하면서 성공을 이끌어내고 있다.

다섯째, '마음 우선 사상'은 한마디로 마음을 터치하라는 것이다. 유태인은 사람의 감성을 터치하는 데 능숙하다. 아인슈타인을 보자. 그는 수식만 나열하는 건조한 과학자가 아니었다. 그는 쇼맨십, 예술적 감성으로 대중과 공감했다.

이것은 공동체를 지향하는 그들의 문화를 보여주기도 한다. 마음을 얻는 자가 성공하는 것 아니겠는가.

유태인의 전승과 재담, 일화가 담긴 탈무드에는 이러한 유태인의 특별한 사고 구조인 이디쉬 코프가 여실히 드러나 있다. 어쩌면 이디쉬 코프는 두뇌를 활용하는 인간에게 필요한 요소를 고스란히 보여준다고 말할 수 있을 것이다. 이디쉬 코프는 새로운 아이디어를 발견하고 문제를 해결하며 통찰의 안목을 지니는 데 탁월한 기여를 한다. 탈무드에서 그것을 발견하고 배울 수 있다면 우리는 이미 충분히 많은 것을 깨달았다고 볼 수 있을 것이다.

유태인은 배우기를 좋아하고 상상하기를 즐긴다. 그들은 꿈과 목표를 중시하며 환경에 실용적으로 적응해나간다. 독자적, 주체적 사고 능력을 계발하고 그러면서도 타인과 공감하고 소통하여 남을 이해하고 배려하는 노력을 경시하지 않는다. 그렇게 그들은 깨어가고 배워가며 나누어간다. 그들은 여전히 미지의 세계를 탐구하기를 좋아하며 세상에 새로운 것을 만들어 내놓는 것을 즐긴다. 그들은 그렇게 더 나은 교육, 더 나은 발명을 지향한다.

이디쉬 코프를 이해하면 유태인의 부의 축적, 환경 극복

및 생존의 비결은 돈이 아니라 정신에 있음을 다시금 깨닫게 된다. 그들은 교육과 문화를 위해 부단히 연구했으며 그것을 지속적으로 전수하기 위해 애써왔다. 이러한 그들의 투철한 교육 문화가 곧 개인과 사회, 국가의 성공의 열쇠인 것이다.